不止

读书

魏小河 著

上海文艺出版社
Shanghai Literature & Art Publishing House

【目录】

人与书 1

十九世纪的小说 71

读塞林格 117

惊喜华文创作 157

阅读与写作 215

一场误入歧途 263

◎ 人与书 ◎ 十九世纪的小说 ◎ 读塞林格 ◎ 惊喜华文创作 ◎ 阅读与写作 ◎ 一场误入歧途

第一代北漂
沈从文

一

沈从文出生于1902年,按今天的叫法,是个地道的〇〇后。往回数,沈从文的爷爷很不一般,年纪轻轻加入湘军,二十二岁就成为云南昭通镇守使,二十六岁又当上贵州总督,可谓仕途亨通,给沈家打下一份殷实的家业。只可惜去世得早,没有享到几年清福。

沈从文的爸爸也有军人梦,曾经组织过一个敢死队去谋刺袁世凯,结果事情败露,流落他乡多年,家业也随之衰颓。虽说是衰颓了,底子还是在的。就像鲁迅因为父亲的病受了许多委屈和苦楚,但读书上学的机会总是有的。

沈从文当然也是早早开蒙读书,但他不爱上学,成天逃课。他不仅逃,而且有很多精明的点子,比如把书篮藏在庙里再去玩,省得被大人发现告状;比如跑到人家果园里偷李子,被主人拿着长长的竹竿来追,跑远了,还要一面吃那赃物,一面故意唱山歌气那主人。他还和人打架，并且总结出自己的一套办法：如果遇见一群人围堵，不要跑，不要怕，挑一个精力和自己差不多的单挑，如果输了，那就挨打，如果赢了则可以获得一份尊重，而且免了群殴。

除了读书，他好像对什么都感兴趣。每天早上，想方设法拖延上学路上的时间，学校在北门，他从西门出，绕一圈从南门进，再穿过整条大街去学校。他喜欢各处去看、去听、去闻、去嗅。很多年后，他仍然记得死蛇的气味、腐草的气味、屠户身上的气味，还有蝙蝠的声音，黑暗中鱼在水中拨剌的声音……

这一切的一切，是不是一种小说家的天赋呢？回头来看，当然可以说，是的。但在当时，只能是一个不听话孩子的顽皮。

二

这个不听话的孩子，在家道中落、小学毕业后，进入了预备兵的技术班训练。

在湘西，当兵也算是条好出路。那时父亲还不知道流落在哪里，母亲管教不住，便让他去了。从这开始，沈从文去了许多地方，辰州、沅州、怀化，还去过一趟四川。因为会写字，他一直做着司书的工作，上司待他也都不错。辗转的路上，他还和之前一样，到处去看、去体验。他说，"我就是个不想明白道理，而永远为现象倾心的人。"

但不知怎的,他也常常感到一种寂寞。那时候,他常常看到杀人。虽然小时候就见过杀头,但如今好奇减少,痛苦增加了。他自述,在怀化待了一年零四个月,大致眼看杀过七百人。而那些被杀的差不多全是从乡下捉来的替死鬼,糊里糊涂不知道什么事就死了。他对此越来越感到不耐烦。随着年纪一点点长大,"也间或有些不安于现实的打算……总觉得有一个目的,一个事业,让我去做,这事情是合于我的个性,且合于我的生活的。但我不明白这是什么事业,又不知道用什么方法即可得来。"

这么困惑着,终于迎来了转机。他被调进报馆做校对,因此接触了很多新书、新杂志。这一股五四运动的余波,使沈从文的思想发生了变化。他开始有了比较明确的想法:"我想我得进一个学校,去学些我不明白的问题,得向些新地方,去看些听些使我耳目一新的世界。"

他躺在床上,想了四天,下定决心:"我准备去北京读书,读书不成便做一个警察,警察也不成,那就认输,只好做别的打算了。"

他带着上司给的二十七块钱,一个人从湖南到汉口,从汉口到郑州,从郑州到徐州,从徐州转天津,十九天后,终于出了北京前门的车站。

二十岁的沈从文,可能是第一代北漂。

三

沈从文初到北京，住在酉西会馆里，那是专为湘西赴京赶考的学生建造的。沈从文无处可去，也不知道能做什么。

表弟黄村生替他在北大附近找了个房子，他便常去北大旁听。他想成为正式学生，清华和北大都失败了。中法大学录取了他，但宿食费二十八元想尽办法也筹不出来，只能放弃。走投无路，他试着向一些名作家写信求助。郁达夫当时正在北大担任统计学讲师，也收到了沈从文的信。十一月中旬的一天，他来看望沈从文，把自己的围巾送给沈从文过冬，请沈从文吃饭，还将结账剩下的三块两分钱都给了他。当晚，郁达夫带着激愤之情写了篇《给一个文学青年的公开状》，发表在《晨报副刊》上。在这篇文章里，郁达夫痛斥了青年找不到出路的社会现状。

但路还是得自己走。这时候，沈从文一边广泛阅读，一边练习写作，作为一个乡下来的穷小子，连标点符号也是现学的。他自己知道，在报刊方面没有熟人，作品很难被编辑看重，但沈从文说自己"从来不知什么叫失望"，在困难的日子里，依然不停地写。

这简直是个励志故事。终于，《晨报副刊》发表了一篇署名为休芸芸的散文，作者正是沈从文。虽然这一次投稿所得，只有三毛七分钱，但在他总算是一个开始。之后，他认识了不少朋友，比如丁玲、徐志摩，慢慢地有了自己的圈子，虽然一开始就是全职作家，收入不高，但到底坚持下来，在京城有了一个住处，有了一份事业。

早年间写的文章、小说，沈从文自己并不看重，但那些日子里的努力，正是一条路的开始。之后，他便努力写作，试图成为一个像契诃夫那样的小说家。至于后来的后来，不得已而改行，成了文物专家，那就是另一个故事了。那个故事里有很多不得已，很多灰心和痛苦。但在这个故事里，年轻的湘西来的穷小子，靠着一股子激情和勤奋，当然还有才能，竟然站住了脚跟，改变了命运。

我比较喜欢这个故事。

张爱玲的
前半生

一

乱世中人，眼瞅着更大的机会，却总有一股冥冥中的力量压在身上，怎么甩也甩不掉。有些人脱掉这层壳，挤进了新的世界；有些人，终生困囿于自己的命运；还有一些人，用尽了全身力气，磕磕绊绊地想要逃离，却终究不能全身而退。

张爱玲是第一种人，她挤进了自己愿意进入的世界。张爱玲的父亲是第二种人，他的一生都在消耗，从未想过离开。张爱玲的母亲是第三种，她勇敢地逃离，却戴着巨大的枷锁。

我们的故事，从张爱玲的母亲黄素琼开始。

黄素琼出生于1896年，在成长过程中，她一方面受到西方文化的影响，渴望自由、独立；另一方面，又被传统文化压制，从小被要求缠足，受过教育，却终究不能上大学。十九岁时，受家里的安排，嫁入张家。

那场婚姻在外人看来足够令人称羡,"一个是张御史的少爷,一个是黄军门的小姐,金童玉女,门当户对"。不知道十九岁的黄素琼当时是怎样的心情?这个不甘被命运宰治的年轻人,终于像所有她这样的女孩一样,嫁作人妇。

结婚五年后,黄素琼生下了张爱玲。这是1920年的秋天。一年后,张子静出生。再一年,他们全家从上海搬往天津。

搬往天津,是张廷重(张爱玲父亲)和黄素琼共同的愿望。在上海,张廷重和二哥住在一起。父母去世得早,兄长如父,二哥管家,有一双眼睛盯着自己,总是活得不自在。这回正好托堂兄的关系,在津浦铁路局谋了一个英文秘书的职位,便顺理成章的分家,迁往天津。少爷终于做成老爷。

对张爱玲来说,天津的那段日子模糊而快乐。她回想当时的生活,院子里有秋千、有大白鹅、有用人环绕,重要的是,有母亲。每天早晨,她跟着母亲不知所云地背唐诗;下午则靠在床上识字,认了两个字之后可以吃两块绿豆糕。

然而,令黄素琼没有想到的是,到了天津,本来以为美满幸福的小家庭很快遭遇危机。没有人管束的张廷重结交了一群酒肉朋友,开始花天酒地,嫖妓、养姨太太、赌钱、吸大烟。所有有钱少爷可以做的,他都做了。

黄素琼不愿意做旧式妇女,对于养姨太太这件事情忍无可忍，多次与丈夫争执，却无能为力，终于离家出走——名义上好听一点，说是出国留学。这时候黄素琼已经二十八岁，是两个孩子的母亲，即使放到现在，这样的身份也会受到很多限制，但她并没有为了孩子放弃自己的人生。此时，家族里的长辈已经不在人世，她手里又握着一笔数目不小的遗产，是时候按照自己的心愿去生活了。

张爱玲后来在《童言无忌》里这么写她的母亲："她是个美丽敏感的女人，而且我很少机会和她接触，我四岁的时候她就出洋去了，几次来了又走了。在孩子的眼里她是辽远而神秘的。"

张子静晚年回忆，"如果母亲没有在那一年出国，姐姐和我的童年应该是富足而幸福的。"

然而，母亲终于走了。

二

虽然母亲走了，但在八岁之前，张爱玲的生活大抵是快活的。她还太小，心理上的敏感还未发作，家里的气氛也还算好，虽然姨太太很快搬了进来，但这位妓女出身的老江湖并没有打压张爱玲，反而每天晚上带她去起士林看跳舞，还替她做了一套短袄长裙相配的丝绒衣服。

不过这姨太太的性格颇为跋扈。她教自己的一个侄儿读书，都能把人家眼睛打得睁不开。不仅如此，她还用痰盂砸破了张廷重的头。因为这，家族里有人出面说话，逼着她走路，这才走了。

除了家里出事，张廷重的工作也出了事。这位纨绔少爷得的本来就是闲差，经常不去上班，又吃喝嫖赌，还和姨太太打架，闹出一场丑闻，名声很不好。待到堂兄张志潭被免去交通部长职位后，张廷重的小小官职也就不保了。

丢了工作的张廷重，决定痛改前非，给黄素琼写了一封信，答应戒掉鸦片，赶走姨太太，并且再不纳妾，央求她回国。

1928年，八岁的张爱玲重新回到上海。父亲、弟弟和她一家三口住在武定路一条弄堂的石库门房子里，等母亲和姑姑回来。张爱玲在《私语》里写："到上海，坐在马车上，我是非常侉气而快乐的，粉红地子的洋纱衫裤飞着蓝蝴蝶。我们住着很小的石库门房子，红油板壁。对于我，那也是有一种紧紧的朱红的快乐。"

然而，好景不长。母亲还没回来，父亲就因吗啡注射过量，差点死掉。"他独自坐在阳台上，头上搭着一块湿手巾，两目直视，檐前挂下了牛筋绳索那样的粗而白的雨。"

哗哗下着雨，张爱玲听不清楚他嘴里喃喃说些什么，只感到很害怕。

就在父亲命将不保之际,张爱玲的母亲从海外归来。她很快主持了家务,将张廷重送到医院治疗。这个家庭开始朝着好的一面发展,全家搬到一所花园洋房,有狗、有花、有童话书,并且出现了许多蕴藉华美的亲戚朋友。

张爱玲对这段生活的记忆充满了温情。她记得母亲和一个胖伯母并坐在钢琴凳上模仿一出电影里的恋爱表演,她被逗得大笑起来,在狼皮褥子上滚来滚去;她记得母亲爱看《小说月报》上老舍的小说《二马》,杂志每月寄到了,母亲坐在抽水马桶上看,一面笑,一面读出来,张爱玲则靠在门框上笑。

她说,这时"家里的一切,我都认为是美的巅峰"。

但这已经是"幸福家庭"的尾声了。父亲彻底治愈之后,为了防止太太再度出走,想要釜底抽薪,耗尽她的私房钱,因此拒绝支付家庭开支。他们剧烈地争吵,用人吓得把爱玲和弟弟拉出房间。

那种父母争吵的声音,不可避免地传进爱玲和弟弟的耳朵。这对于任何一个八九岁的孩子,都是非常可怕的。

张爱玲在《私语》里写:"我和弟弟在阳台上静静骑着三轮小脚踏车,两人都不作声,晚春的阳台上,挂着绿竹帘子,满地密条的阳光。"

张子静晚年回忆:"姐姐从来没有对我说过她的感受,但我相信,她那时一定也是害怕的。"

三

终于，父母协议离婚。虽然"心里自然也惆怅"，但张爱玲大抵是赞成的。她一向早熟，已经知道那样的生活是不可挽回的了。

这是1930年，除了父母离婚，张爱玲也在这一年入校上学。此时，张爱玲已经十岁，按理早就应该进学校，但是张廷重一向反感新式教育，只在家里请了先生，教张爱玲和弟弟四书五经，《西游记》和《三国演义》，后来也加了英语和数学，但这毕竟不是系统教育。

黄素琼因为自己的经历，不想孩子和她一样没有立足于世的能力，只能靠遗产过活。她坚持要送孩子去新式学校读书，为此和张廷重吵过很多回。最后，像拐卖人口一样，硬是把张爱玲送去上了小学，插班读六年级。

一年后，张爱玲小学毕业，进入上海圣玛利亚女校。这是个六年制的女子中学，由美国圣公会办所办，在上海大有名气，属于贵族学校。

再一年，黄素琼就再一次出国了。这时，张爱玲和母亲的关系已经变得有些生分。她一直非常需要母亲，但黄素琼似乎并没有准备好做一个母亲。她是关心张爱玲的，她的几次回国，都是因为张爱玲的教育问题，她希望女儿有个更好的前途。但是，她并不懂得表达爱。如果她们能够朝夕相处，或许会有改善，但张爱玲与母亲一起生活的日子，满打满算，不过两三年。

读《小团圆》，你会发现除了和胡兰成的那一场恋爱，张爱玲耿耿于怀的，一直是和母亲的关系。早在天津时，五六岁的张爱玲就盼望着母亲从国外寄来新衣服，那个时候，她对母亲的印象是模糊的，是一种美好的想象。八岁时，母亲回来了。那一天，她吵着要穿上自己认为最俏皮的小红袄，可是黄素琼看见她第一句话就是，"怎么给她穿这样小的衣服？"她满心欢喜的准备，第一句话就被浇灭了。

黄素琼一直按欧式淑女的模子打造张爱玲，给她讲吃饭的营养学，请钢琴老师，但张爱玲对这一切并不是很喜欢，她也没有办法在这些事情上获得肯定。

她一直期待母亲能够更亲昵地待她，但是一直等不到。十二岁那年，黄素琼第二次离开中国，当时张爱玲在学校读书，黄去看她。张爱玲写到这一段，情绪很复杂：

"不久我的母亲动身到法国去，我在学校里读书，她来看我，我没有任何惜别的表示，她好像是很高兴，事情可以这样光滑无痕地度过，一点麻烦也没有，可是我知道她在那里想：'下一代的人，心真狠呀！'一直等她出了校门，我在校园里隔着高大的松杉远远望着那关闭了的红铁门，还是漠然，但渐渐觉到这种情形下眼泪的需要，于是眼泪下来了，在寒风中大声抽噎着，哭给自己看。"

第一次读,我相信张爱玲说自己漠然。后来才发现,漠然其实并不漠然。张爱玲没有惜别的表示,其实是一种极隐忍的挽留,她希望母亲能够更多地表达不舍,但是"她好像是很高兴"。张爱玲在这里是不甘,所以漠然,但其实是委屈,深刻的委屈,在寒风中大声抽噎,也只有自己看得到,母亲是已经走了的。

《小团圆》里,她还写过一次过马路,也是触目惊心:

九莉那年才九岁。去了几个部门之后出来,在街边等着过马路。蕊秋正说:"跟着我走;要当心,两头都看了没车子。"——忽然来了一个空隙,正要走,又踌躇了一下,仿佛觉得有牵手的必要,一咬牙,方才抓住她的手,抓得太紧了点,九莉没想到她的手指这么瘦,像一把细竹管横七竖八夹在自己手上,心里也很乱。在车缝里匆匆穿过南京路,一到人行道上蕊秋立刻放了手。九莉感到她刚才一刹那的挣扎,很震动。这是她这次回来唯一的一次形体上的接触。显然她也有点恶心。

母亲拉孩子的手过马路,竟然是如此陌生、尴尬,甚至有点"恶心"。这显然不是正常的母女关系。

四

1932年至1934年,是张爱玲仅剩的惬意时光。虽然母亲走了,但日子还算平静。平日住校,周末由家里派司机接回家。

母亲走了之后,父亲搬了新家,和舅舅离得很近。张爱玲也常常和表姐妹、表兄弟一起玩。寒假的时候,他们一起做圣诞贺卡,张爱玲每次做好了就拿给姑姑,托姑姑寄给母亲。

十二岁的少女,心里还是想要一份母爱的。

母亲走后,钢琴课也学不成了。张爱玲曾在散文里写过,她因为学钢琴向父亲要学费,"我立在烟铺跟前,许久,许久,得不到回答。"

但那时他还是喜欢父亲的——"我知道他是寂寞的,在寂寞的时候他喜欢我。"

张廷重也很喜欢张爱玲的文学才华,经常和她谈论《红楼梦》。在中学时期,张爱玲在课余时间写过一部章回体的《摩登红楼梦》,有上下两册,父亲看了之后还替张爱玲拟了回目。可以说,张廷重正是她的文学启蒙老师。

1934年,张爱玲初中毕业,升入高一。她这时已经很有自我意识,设想中学毕业后到英国读书,她还想学卡通电影,要把中国画的风格介绍到美国去。她说:"我要比林语堂还出风头,我要穿最别致的衣服,周游世界,在上海有自己的房子,过干脆利落的生活。"

后来,除了周游世界,她确实穿过最别致的衣服,过上了干脆利落的生活。这个十四岁的女孩,在这时已经很清楚自己是谁,要什么了。

1934年还有一件大事——父亲再婚。这件事情对张爱玲的打击是很大的。"我姑姑初次告诉我这消息,是在夏夜的小阳台上。我哭了,因为看过太多关于后母的小说,万万没想到会应在我身上。我只有一个迫切的感觉:无论如何不能让这件事发生。如果那个女人就在我眼前,伏在铁栏杆上,我必定把她从阳台上推下去,一了百了。"

大人的世界,孩子没有任何办法。当年夏天,双方订婚,年底在华安大楼举行婚礼。张爱玲和弟弟都参加了,对生性敏感的张爱玲来说,那一定是异常难熬的一天。

后母进门的最初两年,日子还算平静,双方都尽量礼貌。然而,日子究竟是不一样了。让张爱玲耿耿于怀的,是后母把从娘家带来的两箱旧衣服送给张爱玲穿。兴许孙用蕃是好意,但在张爱玲看来,则是屈辱。她的整个青春期,一直在穿这些旧衣服,有些领口都磨破了,有些则是款式老旧的旗袍,作为一个在贵族学校上学的女生,张爱玲过得确实窘迫。成年之后的张爱玲穿衣服肆意夸张,可能正是对这一时期的反叛。

不过幸好张爱玲平日住校,不必天天和后母见面。在学校里,张爱玲有两重名声。第一重是她的健忘,她总是忘记交作业,每当老师问起缘由,她便两手一摊道:"我忘了。""我忘了"三个字在她口中出现的频率太高,以至于这三个字几乎成了她的诨号。除了健忘,她还懒散、古怪。教会学校,规矩比较严,每个卧室都有鞋柜,不穿的鞋子必须放回柜子里,不得随意摆放。若不按规矩来,则要将那人的鞋子放到走廊示众。最常被示众的,就是张爱玲的一双旧皮鞋,不过她对这事好像并不怎么在乎。

让她出名的,还有她优异的学习成绩。她虽然常常不交作业,但考试成绩总是名列前茅,并且作文写得非常好,在校刊上经常发表文章,国文老师也特别器重她。

中学时代是张爱玲文学的萌芽期。她在《天才梦》里也写过,她七岁就写过第一篇小说,九岁就向《新闻报》副刊投稿。从中学时代开始,她已经渐渐找准了未来的方向。

五

1937年夏天,张爱玲即将毕业,黄素琼从法国返沪,同行的还有一位美国男友——四十出头,相貌堂堂。

前面已经说过,黄素琼对女儿的教育问题一直很上心,这回女儿高中毕业,当然要回来看看。

张爱玲打定主意是要去英国读书的,母亲这次回来,也是为了这件事。她先是托人约张廷重谈,父亲避而不见。事情没有进展,只得张爱玲自己出面,但事情最终是没有办成。

"我把事情弄得更糟,用演说的方式向他提出留学的要求,而且吃吃艾艾,是非常坏的演说。"

父亲无动于衷,后母还当众骂了出来:"你母亲离了婚还要干涉你们家的事,既然放不下这里,为什么不回来?可惜迟了一步,回来只好做姨太太!"

这事就这么拖着。还没理出头绪,战争爆发了。淞沪会战一打,上海也被轰炸,很多市民死伤。这时正值毕业考试,张爱玲想和母亲多待几日,便以炮声太吵睡不着觉为由,向父亲打了招呼,要去姑姑那住两天。

这一住,就是一个礼拜。等到考试结束,她回来时,后母突然发难:"怎么你走了不在我跟前说一声?"

张爱玲回:"我跟父亲说过了。"

后母勃然大怒:"噢,对父亲说了,你眼睛里哪还有我呢!"

没等张爱玲反应过来,后母竟一个大嘴巴打在她脸上。张爱玲刚要还手,被保姆拉住。此时,后母恶人先告状,一边奔上楼一边高喊:"她打我!她打我!"不一会儿,父亲冲下来,揪住张爱玲就是一顿打,边打边吼:"你还打人!你打人我就打你!今天非打死你不可!"

张爱玲就这么被父亲打着,后来她在文章里写:"我觉得我的头偏到了这一边,又偏到了那一边,无数次,耳朵也震聋了。我坐在地上,躺在地下了,他还揪住我的头发一阵踢。终于被人拉开。我心里一直很清楚,记得母亲的话:'万一他打你,不要还手,不然,说出去总是你的错。'所以也没想抵抗。"

把张爱玲拉开的是从小把她带大的保姆何干。不知过了多久,父亲上楼去了。张爱玲站起来,到浴室里看见自己满身的伤,心里的屈辱无处发泄,便狠了心,准备到巡捕房报案。然而父亲早就叮嘱门警,不放她出去。她挣扎了一阵,没有效果,反倒被张廷重知道了,更加生气,把一只花瓶直接摔向张爱玲,幸好歪了一点,没有砸到。

她被关了起来。整整半年,在这个她出生的地方,她成了囚犯。她后来在文章里写:"我希望有个炸弹掉在我们家,就同他们死在一起,我也愿意。"

有段时间,她病得很严重,差一点就死了。幸而有何干照顾,究竟从死神边上拽了回来。身体好转之后,她就开始计划出逃,想了很多种办法,终于在冬天的一个晚上,沿着墙根摸到铁门,拔出门闩,跑了出去。获得自由的激动无以言语:"在街沿急急走着,每一脚踏在地上都是一个响亮的吻。"

从此之后,她永远离开了父亲的家。

六

逃离了父亲的家,母亲的家,竟然也不好住。前面已经说过,母亲这次回来是带了男友的。作为女儿的她,反而成了一个多余的人。

不过，黄素琼还是给张爱玲请了一位犹太裔英国人补习数学，让她参加伦敦大学远东区的考试。

补习是要花钱的。而钱，总是很容易生出问题。从前问父亲要钱，张爱玲已经体会过那种难堪。如今隔三差五问母亲要钱，也成了负担。

"问母亲要钱，起初也是有味的事，因为我一直是用一种罗曼蒂克的爱来爱着我的母亲的……可是后来，在她的窘境中三天两天伸手向她要钱，为她的脾气磨难着，为自己的忘恩负义磨难着，那些琐屑的难堪，一点点毁了我的爱。"

她和母亲越来越生分，张爱玲没有达到母亲最开始设想的淑女要求，虽然成绩很好，但生活能力几乎为零。她模模糊糊地开始知道，从此以后，前面的路只有自己一个人走了。

当时，张爱玲的弟弟也很不好过。姐姐走了之后，他也抱了双球鞋来投奔母亲，但是母亲回绝了，光是供姐姐就很吃力，没法收留他。说完，弟弟哭了，爱玲在旁边也哭了。

张子静在晚年回忆说："回到父亲家，我又哭了好多次——从此我和姐姐再也不能一起生活了。"

确实，从此之后，姐弟俩的人生将大大地改变。张爱玲考得远东区第一名，但战争爆发，没法去伦敦上学，好在伦敦大学的入学成绩对香港大学同样有效。于是，1939年，十九岁的张爱玲赴港读书。

七

香港给了张爱玲另外一个天地。虽然在香港读书的三年里，张爱玲除了用功读书外，几乎没做什么别的事情，但这两年毕竟是完全不一样的人生经历，是张爱玲最后的青春时刻。

港大的生活，张爱玲在《小团圆》里有细致的描写。这里的学生，大多是有钱华侨的子女，家境都很优越，张爱玲在这里可以说是地道的穷学生。因为没有钱置办衣裙，她不参加舞会；因为没钱负担船费，她拒绝了去一位有钱的同学家玩。

暑假的时候，因为经济问题，她也不能回家，只得到修道院蹭住。她只有努力读书，争取奖学金。因为学业，她甚至放弃了写作，在港大的三年，她没有用中文写过任何东西，那篇寄给《西风》杂志的《天才梦》还是离开上海之前投的稿。

这段时期，她和母亲的关系也有了新的裂痕。《小团圆》里有写：暑假时，母亲路过香港。她满心欢喜，经常去酒店看她，还把自己的奖学金八百元喜滋滋拿去送给母亲，但母亲却怀疑她的钱来路不正。让张爱玲更痛苦的是，这笔钱后来被母亲打牌输掉了。很久之后张爱玲对姑姑说起这件事，直言"自从那回，我不知道怎么，简直不管了"。

姑姑提醒："她倒是为你花了不少钱。"

张爱玲当然不是特意看重那八百块钱，而是母亲的态度。她回道："母亲的钱，无论如何一定是要还的。"后来，她果然还了黄素琼。这可能是她心底蓄谋已久的报复，那么多的爱付之流水，她要故意狠起心来，和她做个了断。在书里看到还钱这段，真是让人心疼，这和她小时候故意不对母亲表示惜别一样，是委屈到极点的反叛。她想要的，一直是母亲的关心和爱。

可以说，张爱玲的前半生，一方面是从一个古怪少女变成天才作家；另一方面，她的心也经由一个个人，一件件事，一点点地冷下去了。

八

太平洋战争爆发，大学停课，本地的学生都回家，家在异乡的学生被迫离开宿舍，无家可归。医科学生被派到郊外的急救站去，文科生也要参加防空服务。为了解决吃住问题，张爱玲只得跟着同学们到防空部去报到。刚报了名，一颗炸弹就落在身边。张爱玲用防空员的帽子护住脸，眼前黑了好一会儿，才知道自己没有死。

"我差点死了"，她想到这点，想要告诉别人此时此刻她的感受，但突然发现，她没有人可以倾诉。在生死之际，张爱玲深刻地感觉到：自己在这个世界上只有自己了。

战争来得快，去得也快。可惜等到战争告一段落，大学仍然上不成，所有文件都烧了，学生的记录、成绩都烧了，一切付诸东流，再好的成绩也不算数了。

她后来在《烬余录》里写道："到底仗打完了。乍一停，很有一点弄不惯，和平反而使人心乱，像喝醉似的。"

战争是她青春最后的底色。她看见大破坏就在眼前，也看见人的渺小和无力，以及里面的荒诞。与此同时，她正在走向成年，一点点地脱离了原生家庭，以前的那条路不能走了。英国、美国暂时都去不了了。

这时候的张爱玲是迷茫的。她自己大概也没有想到，仅仅两三年后，她就成了上海最当红的作家，她曾经想要的一切，很快就全部都来了。

那几年，她爆发式地写作，热烈地生活，是人生中的高光时刻。之后，便是继续漫长的枯冷时光。坐在回上海的船上，年轻的张爱玲当然不会想到这么多。但一个属于她的时代，马上就要来了。

马尔克斯：
活着为了讲述

一

打开记忆的旅程

"妈妈让我陪她去卖房子。"

这是《活着为了讲述》的第一句话。没有来由，作者在你还未准备好只是刚刚翻开书本的第一瞬，就将你拽入时空隧道。没有退路，你只能跟着他一路向前。

这一天是 1950 年 2 月 28 日。此时，马尔克斯不到二十三岁，念了三年法律，但是刚刚辍学。他为《先驱报》撰写每日专栏，拿着聊胜于无的稿酬，居无定所，过着穷日子，每天抽六十根劣质香烟，充满抱负，等待时机。

然后妈妈来了，拉着他回老家卖房子。这是一个很有意思的节点，一个走出家门到城市打拼的年轻人，被母亲拉着回到幼年成长的老宅，经过一路颠簸，旧日的风景展入眼前，可是一切都衰败荒凉。外公，那位曾经在小时候带他去看冰块的老人，从记忆里苏醒过来，一

人与书

些非常重要的记忆重新充盈脑海。

很多年后,马尔克斯开始写回忆录,这时候,他会说:"这趟短暂、单纯的两日之旅对我来讲意义重大,纵使长命百岁,埋首笔耕,也无法言尽。如今,我已经七十五岁出头。我知道,那是我作家生涯,即我一生之中最重要的决定。"

为什么这么重要?

因为这趟旅程让他更加打定主意成为一名作家,让他发现了那个日后反复出现在他作品里的马孔多,发现了上校的老宅,发现了自己真正想写的东西。

马孔多其实是一个香蕉园。在这趟回乡的火车上,他看到了这个名字(百科全书上,这个名词是一种热带植物,不开花,不结果,木质轻盈、多孔,适合做独木舟或厨房用具)。后来,他在好几本书里把它当作虚构的镇名,而小说里马孔多的原型,正是他们此行目的地——阿拉卡塔卡。

阿拉卡塔卡和马孔多一样,经历了几代人的风雨。1900年,阿拉卡塔卡的人口只有几百人,分散在乡间河畔,就像《百年孤独》里老何塞·阿尔卡蒂奥·布恩迪亚刚刚建立马孔多时那样。到了1913年,增加到三千人,在那之后,人口于二十世纪二十年代末骤增至约一万人。

1928年11月12日,香蕉区三万名工人罢工,发生了军队杀死工人事件,当时马尔克斯才一岁多。这一事件后,美国人撤退,阿拉卡塔卡开始漫长的衰落,而这段时期正好是马尔克斯的童年。

我们作为读者,跟随马尔克斯旧地重游。只要看过《百年孤独》,就能找到许多亲切之处,因为你将发现一切都有原型:阿拉卡塔卡的街道也种着巴旦杏树,他的外公马尔克斯上校也会做小金鱼;外婆真的曾经靠卖小动物糖果赚钱养家;上校真的曾在决斗中杀过人;为了应付马尔克斯的妈妈约同学来玩,家里的杂物间真的曾经放过七十个便盆;上校婚前婚后真的有九个私生子,并且曾在同一天来到家里;家里真的有一位女总管嫲嫲,七十九岁时以处女之身与世长辞;马尔克斯的妹妹玛尔戈特被带到外公家时,真的吃土。

虽然,这一行马尔克斯和妈妈并没有把房子卖掉,但是,他的内心燃起了新的激情。在离开的那一刻,他说:"这里的一草一木,仅仅看看,就在我内心唤起一股无法抗拒的渴望:我要写作,否则我会死掉。"

上校去世时,马尔克斯只有八岁,当时他并无特别感受。是这次旅程唤醒了他的记忆。

二
留守儿童和苦日子

马尔克斯是个地道的留守儿童。出生没多久,父母就外出工作,把他留在外公外婆家。

那时候，父母住在巴兰基亚，外公有时候会带他去看父母，但是待几天就走，那段记忆支离破碎。

他记得非常清楚的一次会面，发生在六七岁时，妈妈来到阿拉卡塔卡，"我突然进去，大家都不说话了。我呆呆地站在门口，认不出谁是我妈妈，直到她张开双臂……她拥我入怀，身上散发着那种永恒不变的特殊的味儿。我知道我该爱她，但我做不到。负疚感袭来，我身心俱伤。"

十一岁时，他终于回到父母身边。先是和父亲一起在巴兰基亚开药店，然后妈妈带着其他孩子前来汇合。这时候妈妈已经三十多岁了，怀孕七次，不仅腰粗，眼皮和脚踝也肿了。虽然家人团聚，但是日子并不好过。巴兰基亚的药店亏得一塌糊涂，爸爸终于不得不独自外出想办法。

十二岁，母亲掏出家底，让他去离家十个街区的小学报名。小学校长对他很好，允许他把学校图书馆的书带回家看，那时候，他特别喜欢《一千零一夜》《金银岛》和《基督山伯爵》。

不过，精神食粮毕竟不能管饱，在巴兰基亚的这些日子穷得揭不开锅。有一次，妈妈买了一根牛骨炖汤，炖了好多天，每天加水，炖到无法再炖。他还开始打零工，帮着印刷厂运送版纸，到街上发止咳糖浆的广告。

家里仍然太穷，妈妈走投无路，让马尔克斯去给城里的首富慈善家送信,结果等了一个半月,人家的答复是:他家不是福利院。

终于,爸爸回来了,他们卖了全部家当,再次搬家,去苏克雷开药店。

在苏克雷,家里的经济还是很困难,但父母仍然送他去加勒比地区教学最严格学费最昂贵的中学之一圣若瑟中学读初中。

这年暑假发生了一件事。爸爸突发奇想让他学做生意,派他到郊外一个妓院去收账。他莫名其妙地进入这个妓院,碰到一个在充气垫上睡觉的女人,然后那个女人把他睡了。这一年他十三岁。那个女人还告诉他,他弟弟早就来过不止一回。性爱给他打开了一个新的世界。十四岁的时候,他和一个有夫之妇偷情,热烈了好几个月。

后来,他一个人坐船前往波哥大(哥伦比亚的首都)读高中。少年开始朝着文学进军。

三
第一本书

高中毕业后,马尔克斯被波哥大国立大学法律系录取。下午没课时,他就窝在房间里看书。高中时,他读了不少文学经典,这时候,他读到了不少现代主义作家的作品,比如博尔赫斯、D.H. 劳伦斯、阿道司·赫胥黎,还有格雷厄姆·格林、凯瑟琳·曼斯菲尔德。当然,还有现代主义文学的圣经《尤利西斯》。

不过,最让他痴迷的还是卡夫卡,他说:"卡夫卡的书很神秘,不但另辟蹊径,而且往往与传统背道而驰。事实无需证明,只要落笔,即为真实发生,靠的是无可比拟的才华和毋庸置疑的语气。"

你会发现,马尔克斯从卡夫卡这里学到了不少东西。正是这种毋庸置疑的语气,让一个女人凭空飞起都不会显得突兀。

卡夫卡的《变形记》给了他极大的冲动,他写完一个短篇,又欣喜又害怕地把它送到《观察家报》。没想到,稿子竟然刊发了。然而马尔克斯太穷了,连报纸都买不起,他在大街上看见一个男人拿着一份《观察家报》走下出租车,然后他走过去央求人家把报纸送给他。就这样,他读到了自己第一份印成铅字的短篇。

很快,他又写了第二篇,第三篇。

然而一场"波哥大暴动"改变了日程。波哥大待不下去了,他和弟弟紧急离开。他先是乘飞机,然后因为错过班车又没钱,不得不坐在一辆汽车的车顶行李之间,在太阳底下暴晒六个小时后,抵达卡塔赫纳。

他进入卡塔赫纳大学,就读法律系二年级。这个时候,他为卡塔赫纳当地的《宇宙报》写社论。天天在报社工作,当作家的心反而淡了——他遭遇了瓶颈。

不久,他回家养病。读了很多书,包括《索福克勒斯全集》，伍尔夫的《达洛维夫人》，以及福克纳的种种著作。在读了这么几个月书后，他自觉已经"走出了文学创作的瓶颈"。然而回到卡塔赫纳后，好运并没有那么快到来，他没有通过法律系三年级的考试，那本一直在写的《家》，翻来覆去一直没有超过四十页。

他在自传里写："这段时间我没有方向，也找不到新的理由去劝服爸妈：我有能力为自己的人生做主。"于是，他揣着回卡塔赫纳前从妈妈那里拿的两百块比索，前往巴兰基亚。

他在巴兰基亚的《先驱报》上写"长颈鹿专栏"，拿微薄的稿费。正是这个时候，妈妈来找他，叫他和她一起去卖房子。

如一开始提到的，这次旅程对他来讲意义重大。回来之后，他放弃了那本《家》，开始写一本新的小说《枯枝败叶》。写了一年，《枯枝败叶》终于完稿。虽然出版并不顺利，遭遇了阿根廷最优秀的出版社的退稿，但是他自己知道，该完成的已经完成了，"退不退稿，《枯枝败叶》都是陪妈妈回乡卖房子后我想写的那本书"。

1977年，加西亚·马尔克斯在一次采访中评论道，"我对《枯枝败叶》有很深的感情，对于作者也有很深的同情。我可以如白日一样看见他——一个二十二三岁的男孩，以为自己一辈子永远不会再写其他东西，这是他唯一的机会，因而尝试把一切都写进去，他所记得的一切，从所有读过的作者中学到的技巧和文学工匠的一切。"

小说没有如愿出版，生活还在继续。这期间，他干了一件推销图书的活，然后重回波哥大，去《观察家报》写社论。他在新闻界干得不错，写了好几份大稿子，好运也随之而来，先是短篇小说获得了全国短篇小说大奖，另外《枯枝败叶》终于出版，印了四千册，虽然大部分书都堆在了库房，他也没拿到一分钱稿费，但评论界反响不错，而且不论如何，书终于出版了。

不久，马尔克斯以特派记者的身份去采访日内瓦召开的四国首脑会议。踏上飞机，《活着为了讲述》的故事也就到此为止了。

四
后面的故事

1955年，去欧洲的计划本来只有两个礼拜，但是由于那家报纸被哥伦比亚政府查封，他被困欧洲。

这么一个偶然事件，他在巴黎待了三年。这三年，他上电影导演课程，给媒体写稿，创作了《恶时辰》和《没有人给他写信的上校》。

《恶时辰》和《没有人给他写信的上校》都以苏克雷为原型，后来的《一桩事先张扬的凶杀案》也脱胎于此，这个他曾经居住过的镇子，似乎给他留下了不少暴力的记忆。《恶时辰》中的匿名帖，《一桩事先张扬的凶杀案》中的凶杀案，都确有其事，他只是以小说家的笔法，将它们写了出来。

1958年，三十一岁的马尔克斯与梅尔塞德结婚。他们在委内瑞拉的加勒加斯定居，他在那里的《时光》杂志社工作。

1959年到1961年，他分别在波哥大、古巴和纽约为古巴通讯社"拉丁社"工作。1965年以前他再没有写过小说。

这段时间他读到了胡安·鲁尔福的《佩德罗·巴拉莫》，他第一天就把这本书读了两遍，并且声称自从第一次读卡夫卡之后就未曾对任何文学作品印象如此地深刻。他说自己可以把《佩德罗·巴拉莫》倒背如流。

此时，拉丁美洲文学爆炸已经开始，但谁都不知道，马尔克斯会加入这一阵列，并成为最闪亮的那颗明星。

故事开始于一次短暂的旅行，他开着车带家人到阿卡波可度假。这本来是一次很平常的出行，但是那一天，他还没有开多远，"不知从何而来"，小说的第一个句子出现在他的脑海中，"我决定像外祖母给我讲她的故事那样叙述我的故事。我要从那天下午那个小男孩被祖父领着去参观冰块时写起。"马尔克斯仿佛受到催眠一般，把车停在路边，转头，往回开去。

回到家后，他一如往昔地坐在打字机前，不同的是，"这次我十八个月都没有起身"。他后来说，自己写了一千三百页、抽了三万根香烟、欠债十二万索比。

1967年5月30日,《百年孤独》付印,长三百五十二页,售价六百五十比索。辛苦没有白费,此书出版后大受欢迎,不仅评论界大为赞赏,更是畅销全球。

七十年代,加西亚·马尔克斯仍活跃于新闻界,支持人权运动,谴责迫害和独裁。

1981年,《一桩事先张扬的凶杀案》出版。1985年,《霍乱时期的爱情》出版。马尔克斯已经成为20世纪最伟大的小说家之一。

现在,《百年孤独》还常年盘踞在畅销书榜之上,谁也说不清这是为什么。但毫无疑问,马尔克斯的魅力,只要读过他的文字的人,就一定能立刻领略。

珍妮特·温特森：
我要快乐，不必正常

一

珍妮特·温特森出生于一九五九年，在她六个月大的时候，被领养了。

领养她的人是温特森先生和他的太太。温特森先生是个工人，没有接受过教育，十二岁就在码头工作，参加过二战，一生沉默寡言。在珍妮特所受的折磨里，他处于一个旁观者的角色，不说话，不介入，不制止，偶尔听命于太太，出手打她。

温特森太太是整个家庭悲剧的核心。她不热爱生活。不相信任何事会使生活变得更好。她信奉基督教，贬低生活中的一切，不与丈夫同床，严厉、偏执，将全部的热情投入到传教活动上，对于这个领养回来的女儿，实行打压政策。

毫无疑问，这对夫妻没有爱的能力。他们生活在社会的下层，穷困，偏狭，毫无出路。

温特森太太禁止了很多事情,其中有一件尤其过分。她不允许珍妮特拥有家门的钥匙。珍妮特每次回家都需要敲门,如果家里没人,她就只能坐在台阶上等。有时候温特森太太在家,也不给她开门。"领养就是身在门外"。

有一次,父母要出外旅行,她送他们到车站,临别时她问母亲要钥匙,温特森太太回答"不行",她说"你可以去找牧师,我打过招呼",她就是不给她家门的钥匙。

这当然不只是方便不方便的问题,而是一种心理折磨。没有钥匙这一事实时刻告诉她,自己并不属于这个家。

当然,隐私更不需要提,温特森太太翻遍珍妮特的物品,看她的日记、笔记本、信件。珍妮特写道:"我在这个屋子里从未感到安全……我从不属于也不会属于那里。"

在她十六岁的时候,更大的分歧产生了,她和一个女孩恋爱。比性关系更严重的是同性关系。温特森太太召集教友给女儿驱魔,她认为这一切是因为魔鬼的关系。当然,毫无效果。

最后,珍妮特被赶出家门。

事实上,在这之前,她还经历了一次背叛。那个和她恋爱的女孩在大人的压力下弃她而去。

于是,十六岁的时候,她一边打工,一边上学,晚上住在朋友暂时不要的车子里,同时,她开始广泛的阅读,她计划把图书馆里的小说按A-Z的顺序读完，这个野心勃勃的计划有条不紊地进行。

在读书的过程中，她意识到女性作家如此稀少。她开始发现自己的身份：一个女人，工人阶级的女人，以及一个同性恋女人。这些身份构成了她政治观念的基础。

她考上了牛津大学。阅读并写作。

"为了逃避温特森太太网目细密的故事，我必须有能力讲自己的故事。"

于是，二十六岁时她出版了自己的第一本小说《橘子不是唯一的水果》。这本书反响不错，很快拿了奖，几年后改编成电视剧在BBC播出，大受欢迎。但她和养母的关系并未和解。自从大学时期回去过一次，她就再也没有见过养母。

《橘子》让养母重新联系了她。在电话里，温特森太太说，"这是我头一次不得不用假名订购一本书"，她为书中的内容责怪珍妮特。

珍妮特在回忆录《我要快乐，不必正常》里写道：

"我从不相信父母爱我。我设法爱他们，但徒劳无功。"

"如果你还在小的时候，爱不可靠，你就会以为爱的本质——它的特征——就是不可靠。儿女在长大以前不会挑父母的不是。起初，你得到的爱就是你确定的爱。"

珍妮特终其一生缺少爱的能力，她试图通过书写来治愈自己，但小时候的影响是深远的，"你得到的爱就是你确定的爱"，你以为人与人的关系就是如此，无法学会其他的方式。

如果当初她的生母没有遗弃她，会是另一种样子吗？

二

2008年珍妮特决定自杀。万幸，她活了下来。后来，她找到了自己被领养的文件。她试图接近那个问题的答案，寻找自己的生母。

寻找的过程并不简单，但她终于找到了。这个叫作安的女人已经七十多岁，珍妮特自己都已经五十岁了。

这个女人并非像温特森太太说的那样早已死去，她看起来很和善，并不介意她喜欢女人而非男人。并且，她在与珍妮特会面前去图书馆借了《橘子》和其他书，她对图书馆的工作人员说，这是她女儿写的。她很骄傲。

这一反应与温特森太太截然相反。但是一切都不可挽回。

安当年只是一个十七岁的少女，她不得不放弃珍妮特。事到如今，"我也知道，真的知道，温特森太太也给了我她能给我的——那一份黑暗的礼物，但并非毫无用处。"

珍妮特一直都试图治愈伤口，但她慢慢发现，伤口似乎也并非一无是处，"伤口是象征，无法被简化为任何单一的解释。但受伤似乎是生而为人的线索或关键。其中有价值，也有痛苦。"

"自有伤口以来，我一生都在努力，要治愈它，代表着结束一种身份——定义我的身份。但愈合的伤口并非消失的伤口。永远会有伤疤。我会借着伤疤得到辨认。"

珍妮特并未融入生母的家庭，她见了她，感到很高兴，仅此而已。并未有其他根本性的改变，那个问题根本就不可能发生，她已经活到此刻。

并且，她甚至不乐意改变，"我宁愿是这个我——我现在所成为的我——而不是可能会成为的那个我，没有书读，没受教育，没有经历一路上所有的事，包括温特森太太。我觉得我是幸运的。"

我理解这种感受。这是你唯一的生活，你从中确认了自己。你不可能抛弃这一切，去接受另一个虚无缥缈的可能。

阅读《我要快乐，不必正常》比《橘子》更揪心，因为这回是自传，并非虚构。

这是一本坦诚的书，真实而充满力量。《橘子》中的和解实际上是作者的一种愿望，但到这里，才成为事实。了解生活的限度，不再怨恨地去看待它，接受伤疤，继续前行。

我非常喜欢下面这段话，顺并结尾：

"无论生活多么贫乏,仍要爱生活,无论怎样寻找爱,也要爱自己。不是以自我中心的方式,那将会与生活和爱背道而驰,而是以鲑鱼一般的决心逆流而上,无论水流多么汹涌,因为这是你的河流……"

海明威
的穷日子

一

海明威是一个复杂的人。他创造了一种崭新的文体，参加了数次战争，经历了四次婚姻，大半辈子和抑郁症纠缠不清。他痛恨富人，但终于成为富人；他崇尚勇敢，但内心敏感甚至脆弱；他厌恶父亲的自杀，却最终以一把霰弹枪结束了自己的生命。

在人生的最后几年，具体地说，是在1957年，已经功成名就但疾病缠身的海明威开始回忆过去。他借由书写《流动的盛宴》回到三十多年前，回到那个神采奕奕，华彩流动的巴黎。他记得写作过的咖啡馆，记得夜里走过的卢森堡公园，记得塞纳河畔的街道，莎士比亚书店，昂贵的米肖饭店，记得斯坦因小姐的客厅，狭小的公寓，记得和菲茨杰拉德的交往，和哈德莉幸福的相拥。

一切都还没有正式开始，好的，坏的，都还没有。

正如他在书中写的那样：

"我们那时都年轻，什么事都不简单，甚至连我们遭遇的贫困、突如其来的横财、头顶的月光、事情的对错，甚至我身边在月光下沉睡之人的呼吸，都不那么简单。"

"那时我们非常穷，但非常快乐。"

毫无疑问，《流动的盛宴》是一本精彩纷呈的书。就像保罗·奥斯特的《穷途，墨路》，任何成功作家回忆早年的艰苦岁月，都会让人尝到一种原来如此果真如此的甜蜜而忧伤的味道。记忆的追光让一切都裹上一种怀旧滤镜。那时贫穷，那时单纯，那时充满可能，重要的是——那时年轻。因为年轻，贫穷丝毫不成问题。相反，正是因为贫穷，一切才值得讲述。没有人要听富人的青春，也没有人要知道潦倒中年的凄惨。

只有年轻的穷日子才会发光。海明威抓住了那些发光的日子，并且还带出了一条银河：斯坦因、毕加索、乔伊斯、菲茨杰拉德……我们站在地上仰望星空的人，是无法阻挡这种盛景的。如果你看过《午夜巴黎》，恰巧又是个文艺青年，那么你一定会和主角一样激动不已。光是凭这一串名字，"流动的盛宴"就已经呈现出了轮廓。

当然，不止这些。海明威在这本书里，仍然充分发挥了小说家的高超技艺，写出了一个初出茅庐的写作者动荡的生活，以及一个个让人记忆深刻的人物。

二

1921年的冬天,海明威和妻子哈德莉一起来到巴黎。《流动的盛宴》写得便是1921年到1927年的日子。

那是他在巴黎的最初岁月。不论是写作、爱情还是友谊,那都是最好的日子。

先说写作。翻开《流动的盛宴》,几乎每一篇都会出现"工作"。作为一个穷小子,他经常守着一杯咖啡,在丁香园写上一天。不过,他的进展并不顺利。虽然他"认定自己的小说会被发表,但寄出的每一篇都会被退回"。他暗下决心,为自己打气:"我必须写一个长篇。我可以按捺着,直到我自己忍不住的必须写的时候。"他不停地问自己:"我最擅长的题材是什么呢?我最了解在乎的是什么呢?"

他一次次地尝试,不停地写,终于,我们都知道了,他成为了二十世纪最著名的小说家之一。

回头来看二十年代的青葱岁月,虽然一切都还没有成果,但那些拼搏奋斗的日子,却令海明威无法忘怀。说到工作,海明威一生都很勤奋。这和他的家庭影响分不开。他出生于典型的中产阶级新教家庭,父母都信奉工作和自食其力的价值。在海明威从战争回来没有工作的几个月里,父母一直敦促他赶快工作,甚至写了好几封言辞激烈的信,其中甚至不乏"不要做寄生虫"这样的句子。

他和父母的关系并不好。他恨母亲,甚至没有参加她的葬礼。他认为是母亲毁了父亲。当然,他也瞧不起父亲,认为他的自杀是逃避责任。但是,他终其一生似乎都活在这层阴影里,很多地方被他们所影响。对工作的激情,只是其中一种。

再说友谊。在《流动的盛宴》中,海明威写到了很多人,比如斯坦因、艾兹拉·庞德、埃文·希普曼。不过,小说家的回忆,不能全信。当他用精彩的对话塑造他所描写的人物时,必然带有某些创作本能。他将斯坦因塑造成了一个"跋扈的罗马皇帝",将菲茨杰拉德塑造成了一个有些神经质的病人,将泽尔达塑造成了一个嫉妒心极强的疯女人。

当然,他写得生动极了。特别是菲茨杰拉德,对于第一印象,他做了大段细致入微地描述:"斯科特那时是个大男人,但长得像个少年,一张脸介于俊秀与好看之间。他金鬈发,高额头,眼睛兴奋又友善,一张爱尔兰人的嘴,嘴唇细长娇嫩,如果长在姑娘脸上就相当漂亮了。他的下巴结实,双耳周正,一个不算突出但帅气到近乎美丽的鼻子。仅是耳鼻自然构不成一张英俊的脸,但他的脸色、金发与嘴唇就够了。那张嘴让你难以捉摸;等你熟悉他的脸,就更难以捉摸了。"

紧接着,海明威详细描写了他们一起去里昂取车的过程。斯科特一开始就迟到了，到了现场，车子竟然没有顶篷，他们不得不在大雨中开车。到了酒店，斯科特更是近乎神经质发作，要求看医生，要求和泽尔达通电话，像一个不懂事的孩子。尽管海明威在文章的最后加上了这句：读完这本书（《了不起的盖茨比》），我明白了，无论他举动如何，必须理解他的病态，以及我应当尽我可能地帮助他，做一个好哥们。"但他没有写到的是，后来，他与菲茨杰拉德几乎决裂。

事实上，他几乎和所有的朋友都决裂了。斯坦因在巴黎时期就已经疏远，在这本书里没有写明原因，但据斯科特·唐纳森在《海明威传》中的考证，可能是因为海明威讨厌斯坦因是个同性恋，以及斯坦因曾批评过他。同时，他还写了一本嘲讽舍伍德·安德森的书，与这位曾经引荐他的前辈分道扬镳。

所有对他有恩的人，他都以非常冷酷的方式与他们决裂。按照斯科特·唐纳森的话来说，海明威很难接受自己受惠于人。他也不喜欢和人走得太近，特别是同行。对于友情，他不愿有人穿透他的盔甲。他的葬礼前来悼念的都是他的运动伙伴，没有一个作家。

菲茨杰拉德在1936年曾经写道："他与我一样都病得厉害，但是我们的病症表现为不同的方式。他的趋势是狂妄自大，而我的则是向抑郁的方向发展。"

最后是爱情。第一次看《流动的盛宴》，我只看到了他和哈德莉的相濡以沫。他用了不少篇幅写他们家的生活：海明威，哈德莉，儿子邦比，还有猫F·普斯。一家人其乐融融。

在本书的末尾，他写到了这段婚姻的破碎。第一次看时，我有点云里雾里，海明威甚至没有在文中写出日后成为她第二任妻子的女孩的名字，只是把她简化为"富人中的一员"。

他是这么叙述的，用的是疏离的第三人称，好像是讲陌生人的故事：

"那个丈夫是个作家，恰又在艰难地写作一本书，过于忙碌，也没能好好陪自己的妻子，有个朋友陪她，那自然是好，但结果就不大美妙了。当写作结束后，身边有了两个诱人的姑娘，其中一个新奇又陌生，如果这男人够倒霉，就会同时爱上她们俩。"

接着，叙述变成第二人称，显然他很挣扎：

"你说谎，你厌弃说谎，谎言催伤着你，每一天都变得更加危险，但你日复一日地生活仿佛身处战争。"

然后是第一人称：

"我们在一起那些不可思议的欢愉、自私与背信弃义，给了我无尽的快乐，一种无法抹杀的可怕快乐，于是黑色的悔恨、对罪恶的仇恨和悔恨到来，悔恨至极。"

这里写到的是1926年冬天，他和哈德莉到瑞士度假时，遇见了一位叫作宝琳的女孩。海明威移情别恋了。当然，他非常痛苦，但还是选择离开了哈德莉。

1927年1月哈德莉同意离婚。同年6月，海明威与宝琳结婚。他和宝琳的婚姻也只持续了十年。1937年，他认识了一位叫玛莎的女孩，似乎带着怒气地离开了宝琳。

在写这本书的时候，他对早年的这一桩情变，显然充满悔意。

"关于他人如何插足我们的感情，我从未推诿责任，我知道自己的过错，而且随着我的一生，日益清楚起来。"

"一切罪责都归我。仅有的一位毫无责任的，便是哈德莉，她最后逃脱了这一团糟，嫁了一个远比我好的、我希望自己可以成为而终不可得的人，她很快乐，也配得上这快乐。"

他在书中塑造了一个完美妻子哈德莉，但他却没有那么善待宝琳：

"那年冬天中途，她又开始沉稳无情的逼婚，她从未破坏自己和妻子的友谊，也从没失去一寸优势，总是步步为营，表现得全然纯洁无辜，静心地选择离开的时机，离开的时间恰好长到你会刻骨铭心地思念她。"

她将宝琳划入了那个他仇恨的富人阶层：

"我憎恨这些富人，因为他们在我做错事的时候支持我，鼓励我。"

这是他一生的矛盾点，他憎恨富人，但又渴望成为富人。和宝琳结婚后，他第一次摆脱了贫穷。在海明威和宝琳结婚之前，宝琳的叔叔就预付了他们在巴黎租住公寓的租金；他们结婚时，叔叔又给了一千美元的支票。当1931年他们准备在美国购房的时候，叔叔将八千美元作为购房礼物送给他们。

此后，他的书一本接一本出版，他去非洲打猎，去参加西班牙内战，名声一步步升高，越来越富有，但那些透亮快乐的日子，似乎一点点远去了。

三

在人生最后的日子，海明威写出了《流动的盛宴》。那大概是他记忆中最美好的时光。一切还未正式展开。还没有成名，不用和朋友计较名声。没有遇到另一个女孩，没有出轨。没有成为富人，可以坦然地批判他们。

海明威"流动的盛宴"到底不仅仅是二十年代的巴黎，他是海明威自己的水晶球，是他人生大河的开端，充满饥饿、贫穷，但也拥有友谊、爱情和希望。

这里面藏着这位天才日后所有的秘密。

木心，木心

一

木心本名孙璞，1927年出生于浙江乌镇。木心是家里最小的孩子，名副其实的富家少爷。木心自己说："我从小娇生惯养锦衣玉食，长到十多岁尚无上街买东西的经验。"

那个时候，江南富庶人家在教育方面已经颇为西化。木心六岁就上了小学。钢琴和西方古典音乐，也都进了家门。

七岁到十岁这几年，木心每天上下学都经过茅盾老家。他在文章里写过，他就是从这里借了很多外国名著来看。他后来回忆："少年在故乡，一位世界著名的文学家的'家'，满屋子欧美文学经典，我狼吞虎咽，得了'文学胃炎症'，后来想想，又觉得几乎全是那时候看的一点点书。"

另一方面，中国古典的东西，也没有落下。木心常常回忆起那种"民间社会"的气氛，"外婆精通《周易》，祖母为我讲《大乘五蕴论》，这里，那里，总会遇到真心爱读书的人，谈起来，卓有见地，品味纯贞"。

1937年，抗日战争爆发，学校没法上了，家里请了先生来教。先生教的是五绝七律四六骈俪，他私底下却写起了白话新体诗。

他的第一首诗是这样：

> 时间是铅笔，
> 在我心版上写许多字。
> 时间是橡皮，
> 把字揩去了。
> 那拿铅笔又拿橡皮的手，
> 是谁的手？
> 谁的手。

这时候，木心有不少诗在嘉兴、湖州、杭州、上海的报刊上发表。有一次稿子寄出后，木心卜了一签——"小鸟欲高飞，虽飞亦不远，非关气力微，毛羽未丰满"。看了这签，木心看出"上帝挖苦我"，便决心不再写诗，专心画画了。

为什么喜欢画画呢？木心说："童年的我之所以羡慕画家，其心理原因，实在不是爱艺术而是一味虚荣，非名利上的虚荣，乃是道具服装风度上的虚荣。"说白了，是端着画架,挥笔涂墨,看起来潇洒。

十七八岁,他跑到杭州画画。住呢,是住在姐夫家里。画画,是为了报考杭州艺专。不过,因为战争,艺专迁往内地了,他也就只好管自画画。

抗战胜利后,杭州成立了"美术工作者"协会,他也成为会员,参加了展览,"很兴奋,看到自己的画挂在架子上,男男女女走过,停步,指指点点——初步圆了我童年以来萦心不释的画家梦。"

艺专迟迟不回,上海美专倒是先复校。于是,十八岁的少年独自赴上海考试,开始了上海生涯。

二

1946年,木心进入由刘海粟创办的"上海美专"学习油画,但随后又转到与他的美术理念更为接近的林风眠门下。

1947年发生了一件大事。年轻的木心参加了反内战学生运动,上街发传单,并制作反战宣传画,被开除学籍,并遭到国民党通缉。他不得不逃到台湾,直到1949年中华人民共和国成立前,才返回大陆。

1949年,他因病在杭州闭门重读莎士比亚,"觉得从前没有读过似的",感受良多。从此,又开始写。

1950年,从夏到冬,二十三岁的木心借口养病,跑到莫干山上读书、写作。住是住在家族空下来的房子里,没有电,入夜就点蜡烛,吃的呢,"写写写渴了,冲杯克宁奶粉"。

疯狂地写。写的是论文,题目是《哈姆雷特泛论》《伊卡洛斯诠释》《奥菲司精义》等等。

某次,夜游灵隐寺,木心又拔了一签:"春花秋月自劳神,成得事来反误身,任凭豪夺与智取,苍天不负有心人。"

"这次不是挖苦,是警告了。"但是他不管了,仍然埋头苦写。到六十年代"浩劫"前夕,正好写了有二十本,不过这些"手抄精装本"最后全部被没收了。

他的牢狱之灾也从此开始。

1956年,他因涉嫌"里通外国"被捕关押在上海思南路的第二看守所半年。经审查,无罪释放。但就在这段时间里,母亲去世,他在狱中痛哭不已。

"文化大革命"期间他因言获罪,于1971年被关进废弃防空洞半年之久,然后又是劳动改造,所有作品皆被烧毁。看木心自己手写的年谱,1968年至1979年中,多数时间都在公安局、劳改队,以及隔离审查中度过。

这些年里,他仍然在写。写在香烟纸盒上,写在供他写检查的纸上。六十多页,每一面都密密麻麻,共有六十五万字。他把这些手稿缝进棉衣,托朋友带出监狱。很多年后,这些手稿才回到木心手上。但字迹模糊,已经无法认清。

一晃十二年，终于平反，重获自由，但他的数箱画作、文稿、藏书均在"文革"中被抄走。全家人被日夜监视，姐姐被批斗身亡，姐夫被关在学校的"牛棚"中……没有人知道那些日子里他是怎么过的，即使日后成名，他也很少写到这一段故事。他会写小时候，写各路先哲先贤，写上海，但对那一段最黑暗的往事，他用纷纷雪花，轻盈地覆盖了。

木心出狱后，很快得到重用，筹备全国工艺美术展览会，主编杂志《美化生活》，担任上海工艺美术家协会秘书长，还做了交通大学美学理论教授，成了主修北京人民大会堂的"十大设计师"。

然而，他要走了。

三

1982年8月下旬，木心离开中国，去纽约。

纽约并无亲故，他已经年过半百。但是他要去，而且决绝。他在临走之前对外甥说："要脱尽名利心，唯一的办法是使自己有名有利，然后弃之如敝履。我此去美国，就是为的争名夺利，最后两袖清风地归来。"

一切都是从头开始。第二次做回学生，他非常开心。他说："有一天走过博物馆这一带，夜色朦胧，我对自己讲：我终于出来了。"

出来了，不停的感受、画画、写作。一开始写散文，是因为报纸副刊要稿子，只有散文适合，便开始这样写。这样写了一篇，又一篇，渐渐有了文名。

1984年，木心到美国两年后，迎来了好运。这一年，台湾《联合文学》创刊号上一口气发表了木心的散文作品、作者小传、著作一览、答客问，成为一个专题，占了三分之一的篇幅，在台湾引起轰动。这一年，木心在哈佛大学举办画展。这是他人生的第一场个展。

然后，他继续写。在回答记者采访时，木心说他每天看书两三小时，写作十一二小时。"夜十时寝，晨五时起"，在"灯光与黎明之间写作"。

后来的事，大家都知道了。八十年代末，在一群年轻艺术家的要求下，他开始讲"世界文学史"。没有组织机构钱款报酬，一切自愿，自愿讲，自愿听。围坐而学道，是真的古风了。讲完已经是1994年。再后来，陈丹青出版了《文学回忆录》。这本书大热，一本笔记而已，大热，是木心的闪闪灵光，他不是学校里那样讲文学的，文学回忆录，是他自己的文学回忆。

他曾在访问中说起日后的计划，那还是八十年代："不止一次的周游世界，日日夜夜地写，也要画，最终目的是告别艺术，隐居，就像偿清了债务之后还有余资一样快乐。"

2006年,木心的作品终于在大陆出版。这一年,他也回到了故乡乌镇。此后,五年,他果真像隐居一样,生活在这里。直到去世。现在,他离开了。但书还在。这几天,又重看了一遍他的书。诗么,还是不大看得懂,他喜好与古人对话,而我却不认得说话的那一边是谁。

其余,还有几本小说,几本散文,以及一簇蔟葡萄式的俏皮的无始无终的句子。那么,就让我们继续读下去吧。

纽约客
张北海

一

早年读阿城《威尼斯日记》,有一处提到"朋友木心",只当是陌生人,完全不以为意。去年重读,又翻到这里,终于知道木心是哪个木心了。这感觉很奇妙。就像你在朋友圈里突然发现你的大学同学给你的同事点了赞,一问之下,原来他们是亲戚。

也是去年,不记得读的是哪一篇关于张爱玲的文章,读着读着,读到张爱玲和王家卫竟然还有过交集。一九九五年,王家卫写信给张爱玲请求改编《半生缘》为电影,张爱玲回信说版权已交给皇冠,请王自行联系。

回此信两个月后,张爱玲去世,王家卫也没有拍《半生缘》。后来有人采访王家卫,王回答从未联系过张爱玲,原来,那信是谭家明找王家卫代笔的,他自己想拍《半生缘》。

还有一回,在网上看到一张王菲和李敖的合影,也是不可思议。一查,原来他们两家竟然是世交。据李敖讲,李敖的父亲和王菲的祖父在北京大学同班，李敖父母结婚时，王菲的祖父是伴郎。李敖一家最后去台湾，也是靠王菲祖父的帮助。

与此相似，让我一再惊叹不已的，还有一位——张北海。

二

我第一次知道张北海的名字，是2011年，当时我在南昌混日子，成天怀疑人生，逛图书馆，读了一堆书大多忘了，其中有几本念念不忘，一本是之前特别推荐过的邹静之的《九栋》，一本是施蛰存的《唐诗百话》，还有一本就是张北海的《侠隐》。

《侠隐》是本武侠小说，但不是一般的武侠小说。人物不像金庸式的大侠，没有什么神功，背景是抗战前夕，枪炮已经进来，世界已经变样。武林、国家，都要挥手，这个故事底子里是不可抵达的乡愁。

《侠隐》写的是1936年的北平，而张北海正好出生于1936年的北平。这当然不是巧合，而关于张北海，我当时所知不多，只知道他是个华侨，长期居住在美国。

后来，渐渐从不同的书里，不同的作家笔下，读到他的名字。比如阿城，除了提到木心，也提到过张北海，他说自己是个张迷，不是迷张爱玲，而是迷张北海。

陈丹青也说，他正是在张北海的文字里认识纽约的，

"张北海是纽约的蛀虫"。

这个名单还可以开下去,比如王安忆和她妈妈茹志鹃八十年代第一次去美国讲学,就住在张北海家。

比如,陈升到纽约录专辑,搞不定录音棚,经朋友找到张北海,从此相识。他的那首"走在异乡午夜陌生的街道"的《老嬉皮》,写的就是张北海。

还有,还有几乎八十年代到纽约去过的大半我们叫得上名字、叫不上名字,大陆的、台湾的作家、音乐家、艺术家,几乎都和他有所交集。这个名单可以很长,李安、罗大佑、李宗盛、张大春、阿城、陈丹青……

以上这些,仔细想来,都是八十年代去纽约的年轻人。人生地不熟,找到"老纽约"张北海,还是可以理解的。但叶嘉莹曾经是张北海的私人教师,张艾嘉是他的侄女,是我无论如何都没有想到的。

三

张北海的父亲是国民党官员,张北海原名张文艺,1936年出生于北平,时局动乱,十三岁时和家人去了台湾。

青春少年,不怎么安分,初中就被学校开除,后来上高中,闯祸被请家长。父亲觉得不能再这么散漫下去,于是聘请部下推荐的"北平才女"叶嘉莹为辅导老师。

"我也不晓得为什么有个叶老师,要让我给她行礼。父亲说,以后你跟着她念念'中国玩意儿'。"从高二开始,张北海几乎每周六下午都去叶嘉莹家学习，直到两年多后大一时，叶嘉莹去台大教书。

当时叶嘉莹生活颇为困难，丈夫赵东荪因"匪谍"嫌疑入狱，自己也受牵连。但因为是朋友介绍的工作，叶嘉莹并未收钱。

叶嘉莹和张北海，在我看来真是两个世界的人物了，没有想到，他们竟然还有师生之谊。更没有想到，原来张艾嘉是张北海二哥的女儿，也就是说，张艾嘉是他的侄女。

好了，这幅关系图谱就画到这里了。下面谈谈张北海的文章吧，毕竟我动念写这篇文章，就是因为刚刚读完张北海的旧作《美国邮简》。只是没想到，一查资料，发现这么多八卦，于是跑偏了。

四

《美国邮简》是我从台北的一家二手书店淘来的，1990年出版，和我一样大，出版公司是三三书坊，也就是朱天文、朱天心办的那个，要说这个，又是一通八卦了，打住。

只说书。书不是第一本，在此之前，张北海已经出版了《美国：六个故事》《人在纽约》等作品。写作的对象，和这本一样，都是美国，或者更具体一点，大多是纽约。

还是要说回张北海的故事。在台湾毕业后，张北海于1962年又跑到美国洛杉矶南加州大学念文学，按他自己的话说，也是逃，逃离当时台湾的压抑气氛。到了美国，先念硕士，又念了一段时间博士，最后放弃了，在花店、加油站等地方打零工。这是他的青春岁月。整个六十年代，摇滚乐、嬉皮士、黑人民权运动、妇女权利运动、性解放运动，整个美国沸腾不已。1960年代的美国对张北海来说，"简直是震撼！"

1971年，中国在联合国的合法席位恢复，联合国一时缺英汉翻译。张北海突破重围，从上万人中得到了这个职位，从此到了纽约。这个工作，他干了一辈子。退休之后，写出《侠隐》，这小说姜文正在筹拍，据说是张艾嘉将版权卖给的姜文。

说回来纽约，张北海在纽约生活了几十年，工作之余，也写作了很多关于纽约的文章，《美国邮简》这一本收录的，大多写在八十年代最后几年。

《美国邮简》的序，是阿城写的。写得看起来毫不相关，短短千字，谈了一遍白话文学小史。两条线索，一条是明清下来的本土口语化的白话，一条是外国翻译小说带进来的翻译体白话。为什么说这些呢？意思是，张北海的文字，结合了二者的优点，有知识又有趣味。

看豆瓣，张北海几本关于美国的随笔评分都不高。我想，第一可能和题材相关，毕竟现在的中国年轻人对美国不怎么感兴趣。另外，张北海的写法也不符合一贯的中文审美，他文章不雅，也不俗，走的是知识趣味型的随笔路线。照有些人看来，会有点啰唆，很多废话，但我爱的就是其中的废话和闲笔。

书中，最喜欢两篇文章，一篇是《大道：之行也，天下第一》，一篇是《小城故事》。第一篇写的是美国的公路，第二篇写的是在美国被贴罚单的一次经历，都和开车有关。他写公路，写开车，比写地铁要来得有感情，有趣味。

整本书，大抵都是这样的切入口。吃啦，开车啦，乘地铁啦，打出租啦，美国的火车站啦，大桥啦，自由女神怎么来的啦，咖啡啦，钻石啦，好莱坞啦，钱啦，股票大跌啦……

可以说，迄今为止，我还没有见过一个人，可以这么好地捕捉城市的感觉，并且找到如此多的切入口，一个点一个点地写过去，写成一本"美国文化生活史"。

读此书的过程中，我总是想到深圳，我住在深圳五年了，但是要我来写，我真不知道从何下手。写城市，从来不简单，张北海妙在真能与城市共振，他喜欢城市，喜欢纽约。

他的文章可一点不是那种文人气的东西，很都市，很有街面的味道。我们还缺少能够如此捕捉城市味道的作家。

明亮的李娟

一

这几天在看李娟的《羊道》三部曲,一看就停不下来,喜欢得一塌糊涂。《羊道》其实不是新书,2012年和《冬牧场》一起出版过,那时候没有来得及看。这回出了新版,厚厚三大本,四十万字,看得过瘾。

就像刘亮程所说,读李娟的书是幸福的。因为"我们这个时代的作家已经很难写出这种东西了",潜心于文章的人往往只知道写文章,没有了生活,最后越写越干瘪;生活充沛的人,又多半不怎么鼓捣文字。

只有李娟,兴高采烈地生活,兴高采烈地写作。

二

1979年,李娟出生于新疆奎屯建设兵团,当时李娟的妈妈是兵团农场的职工。

说到李娟，不能不提她的妈妈。李娟的文章有好多都是记录和妈妈相处的日常。而只要写到妈妈，几乎每一篇都可以让你笑到肚痛。李娟妈妈是个好玩的人，没有什么长辈架子，活得兴兴轰轰，自由自在。她没事会教哈萨克小孩用汉语骂人，会把钱藏在垃圾桶里结果把垃圾倒了，会在大年初一提议带着家里的三条狗一起来一次荒野散步……

她永远保持着面对生活的激情，拥有消耗不完的好奇心。当然，她也足够勇敢。很少有人会像她那样离开安定的农场，跑到牧区里开一家小卖部。

作为祖籍四川的汉族人，深入哈萨克牧民聚居地，随着牧场的迁徙而迁徙，并没有我们说起来这么轻易。而正是妈妈的选择，将李娟带入了那片她日后不断书写的荒野牧场。

按理说，像李娟这样的孩子，正常的轨迹应该是县里上高中，市里上大学，然后一步步离开牧区，越走越远。但李娟不喜欢上学，她没有走这条路，高中没读完就辍学了，回家和妈妈一起开小卖部，辗转于阿勒泰的各个牧场之间，参加他们的拖依（哈萨克族的舞会），进入他们的生活。

如果没有这一段生活，几乎不可能有日后的《羊道》和《冬牧场》。这是李娟之所以能够成为李娟的前提，她是汉人，是个外来者，但同时，她又和他们一起生活过，她会一些哈族语言,知道他们的生活细节。

李娟少年时期的这段经历,为她日后的写作埋下了伏笔。

三

十八九岁,李娟离开牧区,到乌鲁木齐打工。那时候,她已经开始写作。

所有写作的人都想要发表,可这个年轻姑娘谁也不认识。她独自一人跑到《中国西部文学》的编辑部投稿,"惶恐又孤独"。

她后来在接受采访时回忆,那时候打工很苦,想改变生活,就写了一篇文章跑去投稿。

到了编辑部,人问:"写的是什么?"

李娟答:"散文。"

那人又说:"散文给刘亮程……"

于是,李娟的第一篇稿子找到了出路。刘亮程是新疆著名作家,他的《一个人的村庄》写得别具一格,把农村写出了诗意。毫无疑问,他是散文行家。

刘亮程初次读到李娟的文章就很喜欢,他后来接受采访时回忆:

"当时她的稿子到了编辑部之后,我就发现非常好,这个小女孩还不到二十岁吧,一个老编辑问我会不会是抄的,我说不可能是抄的,她找谁去抄,中国文学没有这样一个范本让她去抄，这只能是野生的。她一个人独自在阿勒泰这样的荒山之中过生活，独自想一些事情，独自冥想，独自书写，最后形成了一种独特的文字。"

那是一篇写树的文章，具体内容李娟自己也记不清了。

因为刘亮程，李娟和文学界算是搭上线了。《人民文学》2001年第七期发表了李娟的《九篇雪》，这对她意义重大。无论如何，这是国内一流文学杂志对她的认可。

2003年，通过朋友介绍，她在阿勒泰地委宣传部找到了一份工作。"当时我想能给我找个看大门的工作就很高兴了，谁知道是宣传部这样的单位，我吓坏了，之后跟所有领导、同事都成了好朋友。而且我在阿勒泰待了五年，我从来没有在一个地方待这么长时间。"

她后来出版的《走夜路请放声歌唱》《阿勒泰的角落》以及《我的阿勒泰》都是在这种循规蹈矩的工作之余写成的。她说，那时"笔下的阿勒泰，是对记忆的临摹，也是心里的渴望"。

2007年春天，李娟离开办公室，进入了扎克拜妈妈一家，和他们一起生活了三个月。这是她第一次主动投入哈萨克牧民的生活，想要记录一些什么。

2008年，她存够五千块钱，辞去工作，到江南一带打工、恋爱、生活。同时开始回忆那段日子，一边写，一边在《人民文学》发表，大约用了三年时间，终于写成了这本《羊道》。

2010年，李娟又接受《人民文学》非虚构写作计划的邀请，在当年冬天随哈萨克牧民一起进入冬牧场。至此，李娟关于哈萨克牧民生活的书写，正式告一段落。

四

小时候渴望记述哈萨克世界的愿望已经实现。李娟还要写什么呢？王安忆曾经在研讨会上提出了相似的问题："写了十来年阿勒泰乡村旮旯里琐碎生活和纯粹自然之后，今后怎么写？"

确实，自2012年出版《冬牧场》以来，李娟已经很久没有新作，直到今年才出版散文集《记一忘三二》。

这本新书留待下次再说，今天，我们还是回到对她最重要的作品——《羊道》（这是她主动拓宽自己写作半径，用力最深的一次探险）。

在新版《羊道》的《写在前面》中，李娟写道：
"实际上我对这个系列的文字有着更复杂的情感。这场书写不是一时的兴致，下笔之前已为之准备了多年。当我还是个八九岁的孩子时，就渴望成为作家，渴望记述所闻所见的哈萨克世界。它强烈地吸引着我，无论过去多少年仍然念念不忘，急于诉说。

"直到后来，我鼓足勇气参与扎克拜妈妈一家的生活,之后又积累了几十万文字,才有些模模糊糊地明白吸引我的是什么。那大约是这个世界正在失去的一种古老而虔诚的、纯真的人间秩序……难以概括,只能以巨大的文字力量细细打捞,使之渐渐水落石出。"

我常说,散文最大的好处在于抓住时间,这个时间,可以是个人的时间,也可以是更大的时间,比如时代,比如历史进程。不论是哪一种时间,只要写到极致,就可以留得下来。

李娟过去的写作,比如《我的阿勒泰》《阿勒泰角落》,都是前者,私人、日常、精彩、有趣。

而《羊道》和《冬牧场》则是两种时间的结合,当然还是一贯的个人书写,她说过"我的写作只与我的个人生活有关"。但是,它同时也包含了对时代,对一个更大的时间的记录。

关于《羊道》,最值得注意是作者的视角。她和扎克拜妈妈一家一起生活,成为家里的一员,每天负责打水,洗衣服,做饭,招待客人,煮一遍又一遍的茶。但是,她始终是个外来者。她写下每一个人的故事,扎克拜妈妈、卡西、斯马胡力;她写下每一场舞会,每一次换场;写下羊的事,狗的事,牛的事,骆驼的事。她写得真细,因为一切对她来说都是新鲜的,陌生的,可以记述的,如果没有这一陌生化的视角,面对荒漠的生活,收获的则可能是贫瘠。

陌生的同时，她又是懂得的。牧民们有很多和城市人不同的心态，比如他们丝毫不畏下雨，不怕脏，他们对待死亡也没有那样惊奇，有时候他们甚至会为了一群羊，而放弃一个人的生命。李娟虽然从外来者的目光记录着一切，但是她懂得她所能写下的只是极少的一部分。她说，"所有文字都在制造距离，所有文字都在强调他们的与众不同。而我，更感动于他们与世人相同的那部分，那些相同的欢乐、相同的忧虑和相同的希望。"

李娟以理解的视角去写独特，才可以写得如此体贴、舒服。而这一切，当然和她自己的生长经历有关。

有时候，有些书只能由某一个人去写。就像哈萨克牧区只能由李娟来写。

五

李娟的写作特点以前已经说过了，虽然她写的是散文，但是与众不同。

她的文章，如果只说一个词，我想说：明亮。

明亮，不是谁都能明亮得起来的，李娟和扎克拜妈妈站在一起，她亲切地看待每一个人。明亮的底子是尊重，是懂得，是草原的空气。

技术上，李娟特别会写对话，写场景，很多日常的小事，经她一写，就生动好玩起来。特别喜欢她笔下的几个小孩，六岁的胡安西、两岁的沙吾列、三四岁的玛妮拉。当然，还有那个永远丢三落四的卡西，好吃而天真的大男孩斯马胡力。

　　一天接着一天的生活，是不容易概括的，那些日常中的精华，只有你自己读了书才能知道。我好像已经说得够多了。到此为止。

小说 ◎ 十九世纪的华文创作 ◎ 阅读与写作

人与书 ◎ 读塞林格 ◎ 惊喜

一场误入歧途

读简·奥斯汀

一

简·奥斯汀没有什么好介绍的,她的人生一点也不戏剧性。她出生于1775年,是牧师的第七个孩子,很小就对文学感兴趣,二十岁就写完了首部长篇小说《埃莉诺与玛丽安》,二十一岁紧接着完成了《最初的印象》。十几年后,这两本小说被改写为《理智与情感》和《傲慢与偏见》出版。

《傲慢与偏见》是简·奥斯汀最负盛名的一本书,它为奥斯汀小姐换来了一百一十磅的收入,那一年是1813年,简·奥斯汀三十八岁,她仍然没有结婚,正开始着手写一本新的小说《曼斯菲尔德庄园》——这本书仍然关于年轻人的恋爱与婚姻,这本书在1814年出版。

紧接着是1815年,她出版了生前的最后一本书《爱玛》。两年之后,也就是1817年的夏天,四十二岁的简·奥斯汀因病去世,那时,还没有人知道她的名字,直到那一年最后的几个星期,简的哥哥亨利·奥斯汀负责出版

十九世纪的小说

了《诺桑觉寺》和《劝导》,这才第一次使用了简·奥斯汀这个真名。

与简·奥斯汀同时期的英国女作家,有以写伤感小说出名的范尼·伯尼,还有以写哥特传奇小说闻名的拉德克利夫夫人。不过,随着时间流逝,很多作家慢慢湮没无闻,但简·奥斯汀打败了时间,在今天依然拥有广大读者。

关于简·奥斯汀的小说,先不谈内容,只谈读书的感觉,是非常幸福的。她的小说看似琐碎,却非常真实,虽然内容关于两百年前的英国乡村生活,但只要一开头,就能够把你给带进去。

读简·奥斯汀的小说,没办法读得快,她的小说文字密度非常高,你不可能一目十行的略过。这是一个很好的分辨小说的办法,如果一本小说可以允许你快速浏览,而不是全心投入的话,那么它一定不那么高明,它唯一的要求就是吸引你读完,而不是让你在每一页每一段中感到满足。

一般的通俗小说,常常水词很多,注重情节推进,但对于小说的其他要素则一概欠奉。这种小说写得好,也许读起来会爽,但很难有很深厚的满足感,更不用说幸福感了。

这种幸福感,很难言明,它不仅来自于情节的发展、人物的塑造,还来自每一个字中透露出来的光亮,它们点亮了心灵,让你感到安全、温暖。具体地说,你会体验到一种道德情感，而这种道德情感正是我们生活中所匮乏的东西，它在我们的内心深处扩大、融化。

哈罗德·布鲁姆有一句对于简·奥斯汀的评价，我以为是相当准确的。他说："简·奥斯汀在很大程度上拥有莎士比亚那无与伦比的才能，她为我们塑造出的人物，无论主角配角，各个都有他或她的一以贯之的说话风格，然而相互之间又完全不同。"

另一位让我也有这样感觉，把所有人都了解得明明白白，写得纤毫毕现的作家，是托尔斯泰。托尔斯泰和简·奥斯汀的人物"具有不计其数的侧面"，"他们有勃勃生机，对于很多不同的人都产生了错综复杂的影响，这许多人就如同镜子一般从多方面将他们的性格映照了出来。"

而这一切，正是得益于简·奥斯汀的才能，她用文字构筑了这个世界，一点不会让我们感到虚假。她所写的一概是平凡、琐屑的生活，但是她写得引人入胜。读完《曼斯菲尔德庄园》，我完全可以想象自己去庄园做客是什么景象。但是读现代小说是办不到的，现代小说的人物向读者隐藏了很多，它们带来更多的情绪和困惑，这不能说不好，相反，是非常必要的。但是我们永远不会再找到读简·奥斯汀读托尔斯泰那样的宁静和幸福。

二

下面谈谈简·奥斯汀小说的主题。

虽然简·奥斯汀一生都没有结婚,但是她几乎所有的小说都关于恋爱和婚姻。她的小说有一个相似的主题,即:幸福的婚姻应该是怎样的?

除此之外,还搭配着另外一个主题,即:一个有德性的人应该如何生活?

这两个主题是交织在一起的,在简·奥斯汀看来,只有有德性的人,才能过上真正幸福的生活,相应的,只有有德性的人,才能拥有幸福的婚姻。而真正的德性,一定是理智与情感的结合。如果光是理智,便容易滑向冷漠和自私,《理智与情感》中的达什伍德夫妇就是一个例子,简·奥斯汀可没少嘲讽他们。另一端,如果光是情感,也不行,因为那样过于多愁善感,甚至盲目,很容易滑入危险。

在简·奥斯汀的小说里,真正幸福的人,既要有正直的良心,缜密的思维,同时也要有丰富的同情心,聪明的头脑,甚至,还要有审美能力,如若对自然美景一窍不通,对绘画音乐毫无欣赏能力,也是不行的。

所以,一个人的幸福,不能仅靠财富保证,必须得先有品格上的保证。品格败坏的人可能会很有钱,但是不一定会幸福,简·奥斯汀当然没有违逆现实,把所有品格坏的人都安排糟糕的结局,但是她用了另外一个方法来表达她的观点,那就是反讽,她会让品格糟糕的人自己显露出丑样,从而让读者有所体会——自私自利原来这么难看。

毫无疑问,简·奥斯汀一直是个道德家,她的小说所以拥有经久不衰的能量,除了她的高超技法之外,正是因为小说中包含了道德情感。简·奥斯汀在书中详细讲述了如何成为更好的人,如何走向幸福生活。而这一切,并不是干瘪的说教,而是动人的,合情合理的故事。

有一点,简·奥斯汀被人误会了。我看见有人评论,认为简·奥斯汀赞赏理智的婚姻,反对自由奔放的爱情。当然不是的。简·奥斯汀看重爱情,但是简·奥斯汀的爱情故事,从来不是浪漫主义的,不是那种能够私奔的爱情。她的爱情,必须发生于她所认可的那种德性之上,她对于个人的要求可能太多了,对于婚姻也是。

她相当反感只为了经济利益而结成的婚姻,她认为"没有爱情可千万不能结婚",但同时,也不能因为爱情就为所欲为。

简·奥斯汀小姐站在十九世纪初的英国乡村,描绘着她所看中的幸福生活。但是,用不了多久,爱情就会超过一切,它代表了自由、人权,婚姻则变得老旧。我相信,今天没有人再像简·奥斯汀那样看待爱情了,虽然人们还会说,不以结婚为目的的恋爱就是耍流氓,但是,这只是一句玩笑话,我们早就解放了,大大地解放了。

如果简·奥斯汀小姐突然穿越到今天,看到如今的爱情和婚姻,一定会大蹙眉头,可这就是时代呀,奥斯汀小姐蹙眉头也没有法子。

虽然,我们今天不能靠简·奥斯汀的小说来学习如何谈恋爱了,但是,在阅读她的小说时,那种幸福感仍然是存在的,因为她牢牢地创造了一个自足的世界。我们很快就会放弃自己现实生活中所含有的道德判断,顺利进入那一世界,并且仍然能从中得到教义和滋养,就像我在开头所说的,除了爱情,她还在不遗余力地讲述什么是好和坏,这可是更加不会过时的话题。

读《简爱》

一

"名著"两个字，是荣誉，也是标签，这个标签不仅确定了该作品的历史地位，同时也拉远了它和普通读者的距离。所谓名著，就是那种可以束之高阁，不予过问的东西。可以被瞻仰，不容易被亲近。

《简爱》无疑是名著，而且还是十九世纪的名著，亲近度比之《百年孤独》这种上个世纪的作品，差了许多。

很好玩，文学这种东西，时间越古老，我们对它的敬意越高，但真正去读它的动力就越低。比如说荷马史诗、古希腊戏剧，但凡上过学的都知道，但真正读过的，屈指可数。近一点的，《堂吉诃德》《神曲》，响当当的大名，但总好像太远了，一般人很少会真的动念去看。

虽然我们不看，但多少知道一点什么，故事大概啦，文学潮流啦，文化意义啦……虽然没读过，但对每本书都已经有了一个既定印象。比如说，谈起《堂吉诃德》，大家都知道有一个对着风车作战的场景，至于其他，语

十九世纪的小说

焉不详,不过似乎这也就够了,如果只是为了谈资的话。

对于普通读者,面对名著,最好的办法,是放下"名著"这两个字,抖落灰尘,磊落相见。带着这样的基本立场,我开始读《简爱》。

二

面对小说,我一般有两个问题,第一个是,我喜不喜欢?第二个是,它好不好?

第一个问题是个人趣味偏好,你很快就能感觉得出来。第二个问题则是价值判断,需要你读完全书,通过分析得出结论,它关乎小说的技巧、形式,也关乎主题、完成度等等。我们要小心把这两个问题分开,只有这样,我们的评价才不会乱作一团。

那么,第一个问题,我喜欢《简爱》吗?

老实说,我不怎么喜欢。读简·奥斯汀的小说,我会感到幸福和满足,但读《简爱》,我却总是觉得不耐烦。

这可能和我已经看过太多受《简爱》启发的小说和故事有关。这是名著吃亏的地方,你开了宗立了派,但后人看过太多相似的故事,回头看你,反倒觉得你平庸了。不过,这也是伟大作品和次一等作品有差别的地方。伟大的作品能够超越时代,不会因为被人模仿而让自己失去力量。甚至,它们很多时候根本不能被模仿。勃朗特姐妹的两本书,《呼啸山庄》比之《简爱》就更能抵抗时间的潮水。

那么，这是说《简爱》不是一本好小说吗？

这就牵扯出一个更难缠的问题了：我们要以怎样的态度去面对经典？杨照提出过一个观点——即历史地去看经典，也就是把经典放回到当时它产生的那个环境里去，这样才能读出它真正原本的含义。

杨照说的是《左传》《论语》这样的古典书籍，和小说还略略有些差别，但这个思路是值得重视的。一方面，我们需要凭着自己的直觉去与这些小说碰撞；另一方面，如果忽视时间的尺度，也是很武断的。

这样来看，《简爱》虽然缺陷明显，但也有光彩夺目的地方。

先说光彩。《简爱》的闪光之处，在于观念。虽然已经过了一个半世纪，但是读这本书还是可以感到小说传递出的女性独立自主、平等的意识。在简·奥斯汀的小说里，阶级壁垒如此严格，天经地义，经不起一丝怀疑，但到了夏洛蒂·勃朗特，一个人的价值并不被她的身份所束缚，简爱对任何人都不卑不亢，她渴望自由和独立，并且对此绝不做任何妥协。她看重爱情，更看重爱情的纯度。她的恋爱是热烈的，和简·奥斯汀小说中看重理智与情感平衡的女主角形成了鲜明对比。无疑，《简爱》的观念更为现代。

在十九世纪的英国，阶级壁垒还很严格，这本小说带来的冲击之大，可想而知。任何女性读这本书都会受到鼓舞，不仅仅是追求爱情，还包括追求一个独立自主的人生。

再说说不及之处。

相比之下，《曼斯菲尔德庄园》读不快，《包法利夫人》也读不快，《安娜·卡列尼娜》更读不快，但是《简爱》可以，它有很多句子信息密度极低，很多文字华而不实。这一点，伍尔夫曾经颇为尖刻的评价过："夏洛蒂·勃朗特至少没有从广泛的阅读中得到什么好处。她从来也没有学会职业作家的行文流畅，或者获得任意堆砌和支配文字的能力。"

另外，在《简爱》中，人物都飘着，不贴实地，站不住。就拿女主角简爱来说，虽然她的个人独白很多，剖露心迹的地方很多，但是当你停下来细细想象她的样子，却会感到困难。她似乎只有一个面向，没法形成立体感。其他人物就更加如此了，男主人公罗切斯特尤其像个道具，除了爱上简爱似乎没有其他用处了。

再有，小说的场景营造也有些失真。《简爱》这本小说以简爱的成长过程为线索，配合以不同的场景，一开始是舅妈家，然后是寄宿学校，然后是桑菲尔德庄园，然后是沼泽山庄，最后和罗切斯特团圆。

然而，场景换了不少，真正生动的却很少。同样是多人物的舞会场面，简·奥斯汀写起来，人人都有神采，每一个人物各有特色，但是在《简爱》中则乏味多了。

伍尔夫认为，虽然"她（夏洛蒂·勃朗特）以雄辩、华丽而热情的语言来倾诉'我爱，我恨，我痛苦'。她的经验更为强烈，却和我们本身的经验处于同一个水平上"。

上面这些话，或许不假，但毕竟不太公平。《简爱》所产生的那个时代早已过去，对于现在已获得了尊重、平等、自由等观念洗礼的现代人来说，《简爱》故事中的动人力量已经大大减弱。所以这书小时候看还好，大了，该有的观念都有了，嚼不出特别的滋味。

说了这么多，《简爱》我确实不怎么喜欢，也不认为它很好，但是我也并不会就此认为看这本书是浪费时间。经典就是这样一种东西，它不仅是那本书本身，还是一个时间的尺标。通过阅读，我们不仅看到这本书，还可以看到时代的变化，甚至时代变化与文本之间产生的互动与影响。

读《苔丝》

小说有两种写法。第一种,写之前列好大纲,开头、发展、高潮、结尾,样样安排妥当,然后下笔,一节一节推进,像砌砖墙。第二种,因一个印象,一句话,突然有了兴味,于是抓起笔开始写,任人物情节自己发展,像种一棵葡萄。

托马斯·哈代写作《苔丝》时,用的是哪一种方法呢?

很大可能是第一种。《苔丝》虽然读起来流利,但故事的结构非常稳固,大致分为三个部分:

第一部分,苔丝初涉世事,十几岁的年纪,天真烂漫,质朴动人,但因为一连串的不幸,她被纨绔子弟亚雷克·德伯维尔诱奸于森林。她的生命还未真正开始,似乎就开始走向枯萎。

第二部分,苔丝离开了伤心的老家,去到一个农场做挤奶工。在这里,她遇到了一个牧师的儿子克莱尔,这位克莱尔读过不少书,对传统的宗教和道德都不怎么喜欢。苔丝与克莱尔互生好感,一场爱情已经降临,但那个难题还横在苔丝的心中,如果克莱尔知道了她曾经被诱奸的事实，还会爱她吗？

第三部分，苔丝与克莱尔终于结婚。在结婚的当晚，苔丝坦白了自己的遭遇，克莱尔态度大变，与苔丝分居，一个人跑到巴西去。苔丝成了有名无实的克莱尔太太，一面艰难地养活自己，一面盼望克莱尔能够回心转意。

不料，克莱尔没有等来，亚雷克·德伯维尔倒是又出现了，这位花花公子狂热地皈依了宗教一段时间后，死缠着苔丝不放。因为家庭的危机，苔丝终于被亚雷克·德伯维尔搞到了手。而这时，克莱尔想通回来，一切已不可挽回。苔丝与亚雷克·德伯维尔争吵后杀死了亚雷克，与克莱尔逃亡，然后被抓，处死。

读《苔丝》，开始轻松，最后沉重。这是个实实在在的悲剧。悲剧不是惨，而是一环扣一环的无能为力。这所有的无能为力，关键点在于如何回答那个最重要的问题：如果一个女孩被强奸，她还是纯洁的吗？

克莱尔面对这个问题，不知所措，选择逃离。虽然他有着先进的思想，然而一旦事出意外，他又变成了习俗和成见的奴隶。正是因为这一成见，苔丝走向了最后的毁灭。鲁迅说，悲剧就是把美好的东西打碎给人看。看完，人不忍，才感到被打碎的东西珍贵。

在这本小说里，苔丝从来没有做过什么坏事，她美丽大方，勤劳勇敢，还有一种与大自然相契的生动。然而，她的美丽为它带来了灾难，这是她的错吗？她遭遇了灾难后,这责任需要由她自己来承担吗?读完这本书,即使是再没有同情心的人,也会看到苔丝的无辜,会看到陈旧道德的蛮横。哈代让苔丝死了,她终究没有得到一个团圆的结局,但她的死,更提醒了读者,她的遭遇是不公的,是没有道理的。

令哈代没有想到的是,1891年《苔丝》出版之后,虽有好评,但更多的是批评指责他道德堕落,毁坏人心。原来,卫道士在哪个国度都是一样的。

终究,人们还是走过了那个时代。胡适在二十年代已经指出女子被强暴所污并非有损贞洁。然而百年之后的今天,有时看新闻,却还能看到不少陈词滥调。这种滥调,竟然还存在于许多受过高等教育的大学生之中,说起"处女情结",女人的贞操,仍然信誓旦旦,如清朝的老爷,没有半点进步。

木心说得好,我们面对两种贫困:知识的贫困,以及品性的贫困。知识学问可以伪装,品性伪装不了。"哈代的小说里有耶稣的心,无疑可以救济品性的贫困。"更具体地说,哈代的小说,有着深厚的道德情感。虽然行文非常缓和,读起来优美华贵,但内里却十分坚硬,或者说勇敢。

不过,《苔丝》在国内的遭遇似乎并不太好。不仅看过的人数远远不及《简爱》,就连评分也比《简爱》

差许多。就之前一路看过来的英国文学来说，简·奥斯汀和哈代，无疑是深厚而博大的，有滋养心灵的作用。艾米莉·勃朗特是真正天才，只有这一个。夏洛蒂·勃朗特和狄更斯，好看是好看，相比于前面几人，不免矮了一截。

这一番英国小说，光是主人公的地位变化，就非常有意思；形式的变化，更是了了在目。还是那句话，将这些小说一部部串起来看，心中的图景会豁然开朗。

至于《苔丝》，它非常好读，一切都刚刚好，还没有现代主义的过分自觉，同时包含着道德情感，真挚灼热，一切徐徐展开，带动你的心智。

读《雾都孤儿》

《雾都孤儿》写于1837年,这一年狄更斯二十五岁,意气风发。前一年,也就是1836年,他出版了第一部长篇小说《匹克威克外传》,并且结了婚。可以说,这一年是他人生的转折点。

在此之前,他是个一文不名的穷小子,出生于小职员家庭,生活窘迫,父亲因为欠债还坐过牢。他很小就辍学,做过童工,十五岁以后,当过律师事务所学徒、录事和法庭记录员。二十岁开始当记者,算是走入正轨。

毫无疑问,狄更斯在写作上是有天分的,他很快就找到了靠笔杆子吃饭的办法。一方面,他继续做记者,另一方面开始在报刊上发表短篇故事。《匹克威克外传》出版后,他在长篇小说上的才能受到肯定。很快,准确地说是1837年2月,狄更斯开始在杂志上连载《奥利弗·特威斯特》,也就是《雾都孤儿》。

狄更斯的婚姻生活并不幸福,但他的写作道路却越发顺畅,三十岁左右,他就已经可以靠稿费过上优裕的生活了。可以说,狄更斯是很少见的,在身前就获得巨大名声和实际利益,并且仍然被后世铭记的作家。

这不能不说到狄更斯的能耐了。他的第一个能耐,是解决了写什么的问题。

一个作家写得好,有两方面的问题,一个是写什么,一个是怎么写。现在流行的观点是,写什么不重要,关键是你要写得好。但落在实处,写什么永远是个问题。卡夫卡写得好,毋庸置疑,但卡夫卡所以写得好,和他要写的对象有着密不可分的关系。每一个写作领域的开辟,同时也会促进写作技巧和风格的发展。

狄更斯抓住了一个新的领域。这个领域是简·奥斯汀从来没有想过的,她的小说牢牢守在小姐少爷的庄园里,到了《简爱》,不一样了,女主角不再是大小姐,而是一个从低微处走出来的家庭女教师,虽然最后勃朗特还是给了她一份遗产,但社会结构已经开始松动。

狄更斯首先将目光放到了城市。在简·奥斯汀和夏洛蒂·勃朗特的小说里,也会提到伦敦,但那里的伦敦只是遥远的背景,但在狄更斯这里,伦敦却是实实在在的中心,如果不是伦敦,一切故事都将无法上演。在工业化、现代化的过程中,城市的兴起,不仅带来了经济的发展,同时也改变了人们的生活状态。

以《雾都孤儿》为例,狄更斯所讲的不仅仅是一个可怜孤儿奥利弗·特威斯特的故事,还包括一群生活在伦敦以偷窃为生的底层人士的故事。在狄更斯这里,

十九世纪的小说

小说直接介入现实，他非常具体地描写了费金这个犹太老头是如何培养和教唆一群孩子行偷盗之事的。这样的事情，即使在今天我们仍能有所共鸣，因为它是真的，就发生在我们周围。虽然狄更斯仍然不能免俗地给奥利弗·特威斯特设置了一个被掩藏的好身世，但这篇小说打开的图景是之前的小说不堪比拟的。

狄更斯的第二个能耐，是他写小说的能力。每一个作家，都有他的长处，有的人善于塑造人物，有的人善于营造场景，有的人善于点染情绪，而狄更斯，最擅长讲故事。

讲故事，讲得好，最核心的是戏剧化的能力。你得在故事的讲述中，保持张力，吸引读者一直读下去。《雾都孤儿》是本很好读的小说，它简单，不像现代小说处处给读者设置障碍，它颇有一种说书人的调调，娓娓道来，交代每一个人物的走向和结局。总之，读狄更斯的小说，不会太闷。

不过，这也是狄更斯被人诟病的地方，他太通俗了，通俗到过于看重戏剧性，看重故事，而忽视了人物，忽视了小说的其他部分。比如说饱满度，狄更斯就逊于简·奥斯汀。简·奥斯汀的小说很扎实，是一个球形，而狄更斯的小说是一条线，纤细但清楚。

关于这一点，木心曾在《文学回忆录》里特别提到：正统文学批评说他艺术水准不够，认为是通俗小说家。

我以为这种批评煞风景。我喜欢他。在他书中,仁慈的心灵,柔和的情感,渊源流出。说他浅薄,其实他另有深意。他的人物,好有好报,恶有恶报。但和中国式的因果报不同。他的这种"报应法"是一种很好的心灵滋补。托尔斯泰说:忧来无方,窗外下雨,坐沙发,吃巧克力,读狄更斯,心情会好起来,和世界妥协。

木心认为这样说法是煞风景,但煞风景的话未必就是错的。然而,木心指出了狄更斯的另一重好处,这重好处,是在技巧之外的东西。是一本小说的情感温度,道德温度。读狄更斯的小说,你会感到安心,因为你可以感受得到作者对善恶的评判,对公正的要求。

虽然今天我们更推崇没有特别明显道德倾向的作品,但是狄更斯却不会让我们反感。因为他没有经历现代、后现代,他写下的所有文字,都自信笃定,没有这么多的怀疑和顾虑。因此,他的道德情感才立得住,有底气。因而,读狄更斯是简单而满足的。

读《红与黑》

一

《红与黑》我之前没有读过。第一次看,看得有些隔。隔的原因,一是文风颇浮华,二是小说与时代牵扯得非常密切,如果不对波旁王朝复辟时期的社会环境有所了解,读起来会感到生硬。

于是,读完小说,去补了一下历史。这历史,恐怕还要从法国大革命说起。法国大革命,简单地说,就是新兴的资产阶级不满足于过去的权力分配,向贵族、王权和教会要求重新分配。

1789 年,国民议会通过《人权宣言》,承认私有财产神圣不可侵犯,革命算是胜利了。但是,法国一乱,邻国伺机而动,战争开始,各种势力倾轧,很多革命领袖也被送上了断头台。终于拿破仑来了,实行了一段时间开明的专制统治。但最后,爱打仗的天才失败,波旁王朝复辟,一切看起来复归原样。

1814 年到 1830 年基本属于波旁王朝复辟时期,司汤达的《红与黑》写的就是这一时期的故事。在拿破仑时代，一般人可以通过从军获得社会地位的跃升，但拿破仑失败之后，这条路就断了。阶级重新固化，许多已经看到人生希望的年轻人感到郁闷。

《红与黑》的主人公于连就是这样一个年轻人，他聪明、有才干，非常佩服拿破仑，希望能够在这位英雄的带领下从事战斗扬名于世，但这个英雄如今已经垮台，"他除了扮演伪君子外，再没有创建一番功业的机会了"（《十九世纪文学主流》）。

整部小说，写的就是这个一心想着飞黄腾达的年轻人的奋斗史。他隐藏自己的真实想法，去混教会，抓住一切机会，企图走向成功，但最终，仍然死了。

二

这部小说，结构很分明，分别写了三个地方。

第一个地方是维璃叶，一个内地小城，于连正是从这里起步。他是一个木匠的儿子，身份本来低微，但是由于记忆力好，受神甫指导，学会了拉丁文，借此进入市长瑞那先生家里做家庭教师。

在市长家里，于连与瑞那夫人展开了一场恋爱。这恋爱，于连完全是受野心驱动。他自己是一个被人瞧不起的穷小子，如果能占领一个高贵的少妇，对他而言很满足了。不料事情差点败露，他不得不走。

第二个地方，是省会城市贝藏松的教会学校。虽然于连心里一点也不信教，但是为了飞黄腾达，只得走教会这条路。在这里，他以聪颖和能力，获得了认可，同时也看到教会内部的腐败。

第三个地方，是在巴黎拉穆尔侯爵家。于连又往上走了一步，来到拉穆尔侯爵家做秘书，并且受到重用，颇受欢迎。在这里，他和拉穆尔的女儿又来了一场恋爱，这场恋爱，也有利用的成分在。

本来，于连一路往上，已经眼看着功成名就，但是阶级毕竟是阶级，虽然拉穆尔侯爵很喜欢于连，但当拉穆尔小姐怀了于连的孩子，要和于连结婚时，他仍然怒不可遏。这时，旧相好瑞那夫人的一封揭发信送到了侯爵手上，于连彻底失信，气急攻心，赶回维璃叶朝瑞那夫人开了两枪。虽然瑞那夫人没死，于连还是被关进大牢。

原来，瑞那夫人的那封信是在教士的逼迫之下所写，并非真心。瑞那夫人和拉穆尔小姐都设法救于连出狱，但于连最后放弃上诉，结束了二十三年的生命。

三

读完整部小说，心里的震动并不大。不过，我的印象里，很多四〇后、五〇后，甚至六〇后，都对这本书感触颇深。许子东就不只一次提到于连，他在某集《锵锵三人行》里说：

"其实于连是对我们这一代影响很大的一个人物形象，他倒是一个很深刻的悲剧，叫以恶抗恶，说到底是什么？既然周围的环境是恶劣的，是不公平的，那我就有权利以不公平的手段来反抗，来打进这个阶层。"

许子东年轻时，下乡到江西。那一代年轻人面对的时局和于连面对的颇有相似之处，一个辉煌的英雄主义的革命年代已经过去，阶级固化起来（在中国，是另一种以出身决定地位的固化），在田间劳动的知识青年，读到这样一种故事，想必会心有戚戚。

但是，我对于连却没有太深的共振。我想，这与我成长的环境已经发生变化有关，我的生活经验里并不存在太绝望的困境（也许即将出现？）。对于连，我同情，但很难共情。

不过有一点却可以超越时代，那就是于连的性格。于连这个人很有才华，但出生于小地方，又是木匠的儿子，心里一直很自卑，同时又自傲，性格别扭得很，司汤达的描述是，"他平时与人落落寡合，一味钻在自己的猜想和猜疑中"，别人随意的一句话就很容易刺伤他的自尊心，变得富于攻击性。他一直处于一种痛苦之中，一方面，他清楚自己的能力，想要得以发挥，但他又清楚地看到自己成功无望。

我们可以作一假设，如果于连没有经历打击，顺利和拉穆尔小姐结婚，成功跻身上流社会，会是一个好的结局吗？很难。虽然他一直在不停地努力打破阶级禁锢，但他心底里一直看不惯各种虚伪的人与事。如果他成为上流人士，该如何自处？他要变成他所讨厌的人吗？他也许可以隐居，但那还是成功吗？

  以恶制恶，扮演伪君子，以期飞黄腾达。只要这个人还是扮演，而不是真的成了伪君子，那么这份成功永远是遥不可及的，注定是一个悲剧。除非，他的才能得以发挥，社会不是那样的腐败和封闭，于连才有幸福的前景。

读《高老头》

一

因为不了解巴尔扎克,所以去读了《巴尔扎克传》,读完《巴尔扎克传》,留下三个印象:

第一,巴尔扎克太勤奋了,一天写作长达十六个小时。令人敬佩。

第二,巴尔扎克太悲催了,做什么买卖都赔本,从二十多岁开始欠债,欠了一辈子,写了那么多书,还是还不完。

第三,巴尔扎克虽然长得不帅,但是追女生很拿手,特别擅长写情书。

下面,我们就简单回顾一下巴尔扎克的一生。

巴尔扎克出生于1799年。父亲是帝国的官员,属于中产阶级,蛮有钱的。然而巴尔扎克的童年过得并不愉快,他一出生就被送到乡下寄养,在他最需要父爱和母爱的时候,父母却不在身边。

他八岁开始上小学,一直到十四岁,整整六年,他的母亲只来看过他两次。还好,他从小就爱读书,抓起什么书都能看得津津有味,很早就建立了自己的精神世界。

1813年,巴尔扎克上中学。1816年他考上大学,读法律。1819年,大学毕业,二十岁的巴尔扎克要为自己的口粮奋斗了。

年轻的巴尔扎克有两个愿望:一个是成名,另一个是获得爱情。爱情再过两年就会降临,那时他将爱上一位大他非常多的贝尔尼夫人。至于成名,则需要通过写作来实现。

他的父母非常开明,给了他两年时间尝试写作。在这期间,父母会支付他每年一千五百法郎的生活费。他用这笔钱在巴黎租了一间阁楼,正式开始写作。起初进展并不顺利。他写了一个剧本《克伦威尔》,但是效果并不好,一位专家阅读了他的作品之后,给出了非常严厉的评语:"这位作者随便干什么都可以,就是不要搞文学。"

1821年,期限已到,巴尔扎克的创作之路毫无起色。迷迷糊糊的年轻人差点就要被家里人介绍去找一份正经差事,而这是他非常不愿意干的。

他曾写过,他非常害怕自己变成:一个办事员,一部机器,一匹马戏团的马,每天转上三十圈、四十圈,然后按时喝水、吃草、睡觉。他害怕变得同每个人一样,没完没了地重复同样的事情,"而人们把这种磨盘似的转圈叫作生活"。

为了抵抗自己流向那样的生活,他和朋友搞了个"写作工厂",写书卖钱,效果还不错。这时期他写了一些故事,也写了不少小册子,比如《梳妆指南》《老实人指南》这种。

年轻的巴尔扎克雄心不小,写这种东西不足以发挥他的野心。他筹措资金,办了一家出版社,计划出版《莫里哀全集》。办出版社不过瘾,他又开了一家印刷厂,开印刷厂还不够,他继续又办了一家铅字铸造厂。

可能正是这种做事要做全套的风格,才让他日后创作出了《人间喜剧》,但相比写作,巴尔扎克显然不适合做生意。三笔买卖都赔了,辛辛苦苦鼓捣这么久,结果两手空空不说,还欠下父母四万五千法郎的债务。而此时巴尔扎克,已经二十九岁了。

第二年,巴尔扎克重整旗鼓,顺应时下流行,写了一本历史小说《舒昂党人》。可惜这本书并不成功,八个月后才卖了四百五十册。

在当时的巴黎文艺圈里,巴尔扎克微不足道。雨果当时二十七岁,在青年心里已经俨然是位大师。在雨果周围,还有小有名气的作家梅里美、圣伯夫、缪塞,以及赫赫有名的大仲马,但根本没有人认识这位《舒昂党人》的作者。

不过,巴尔扎克很快就引来了转机。只是没有想到,他的第一本畅销书竟然是一本小册子——《婚姻生理学》。

1831年，巴尔扎克以一千一百三十五法郎的价钱，把一部题为《驴皮记》的小说卖给了出版商，开始了他此后二十年的高产生涯。可以说，这一年是他的好运年，不仅《驴皮记》卖掉了。《私人生活场景》也卖了三千七百五十法郎，《哲理小说故事集》和《都兰趣话》卖了五千二百五十法郎，为报纸撰稿收入四千一百六十六法郎，共计一万四千三百零一法郎。但到年底，他的债务反而增加了，除了欠父母的那四万多，又欠下了一万五千法郎。

巴尔扎克实在太能花钱了，他做衣服，做个不停；精装本的书，买得不亦乐乎。而且，他还相继买了两匹马，一辆马车，又雇佣了一个仆役照顾这些马。他还喜欢买古董，买油画，买地毯。虽然他很用功地工作，每天工作十二至十五个小时，但是架不住能花，欠账不降反增。

1834年，他的事业来到新的阶段，这一年他开始写作《高老头》，每天伏案工作十六至十八个小时。结果令人兴奋，《高老头》大获成功，第一版尚未入市就被抢购一空。评论界也大加赞赏。

虽然如此，到1835年2月，他的财政赤字已经增加到十万五千法郎。到1837年，他的债务继续上升，达到十六万二千法郎。

他只有不停地工作。他尝试去写剧本，但是失败了；办杂志《巴黎评论》，只出了三期就夭折了。在经济上，巴尔扎克一如既往地背时。

1841年发生了一件重要的事。这一年,他同一伙出版商签订了一项合同:在《人间喜剧》的标题下出版他的全部著作。他的庞大计划,正在成型。在这套宏大的书系里,巴尔扎克塑造了二三千个不同身份的人物,包罗了社会的方方面面,从贵族到资产阶级、从政府到军队、从银行业到新闻出版、从司法界到社交界,无一不被他的文字纳入其中。

正是这套书,为巴尔扎克奠定了文学史上的不朽位置。恩格斯说:"我从巴尔扎克的作品里学到的比从所有职业的历史学家、经济学家和统计学家那里学到的全部东西还多。"

不过,虽然文学创作非常丰盛,但巴尔扎克的经济状况仍然没有好转。

1849年,巴尔扎克患上疾病,第二年八月去世。葬礼并没有什么隆重的排场,但内政部长、维克托·雨果、亚历山大·仲马等作家都到了。在灵柩前,部长对旁边的雨果说:"这是一位杰出的人物。"雨果回答:"这是一位天才。"

二

在介绍巴尔扎克的生平时,我非常着重地关注了他的经济状况,并不是我掉到钱眼里了(当然也有这方面的原因),而是金钱确实是那个时代的重要主题,也是巴尔扎克作品中的一个重要元素。

我们要谈《高老头》，自然也离不开钱。

《高老头》写的是一组群像。虽然书名指向高老头，但书中的线索并不仅此一条。它包括：高老头为两个女儿付出所有财富，却遭遗弃的故事；年轻人拉斯蒂涅试图走进上流社会、飞黄腾达的一系列努力；苦役犯伏脱冷教唆拉斯蒂涅犯罪，最后遭警察逮捕的故事；以及整栋廉价包饭公寓里各租客的众生相。

和《红与黑》有些相似，《高老头》的故事里也有一个为了飞黄腾达而野心勃勃的年轻人。但比较两本书，会发现不同的作者写出来的东西果然区别很大。在司汤达那里，于连的故事是一条直线，经过三个阶段，从开始到结束，完完整整；而在巴尔扎克这里，拉斯蒂涅的故事却缠绕着高老头和两个女儿、伏脱冷以及公寓住客们的故事，它更像一张网——《人间喜剧》是一张巨大的网，《高老头》是组成这张网的一部分，同时它自己也是一张网——一个星系。

司汤达写出了于连悲剧而短暂的一生，巴尔扎克却写出了一个充满躁动和活力、欲望和梦想、失落和虚无的巴黎。他在那么早之前，就写出了城市的核心：人们为了机会争破头脑，年轻人野心勃勃跃跃欲试，每个人都在这个城市里奋斗，有人成功，有人落败。这是一个充满激情和魔力的地方，同时也是一个巨大的陷阱。金钱最大，情感、道德、生活都被挤压。梦想的成功，换来的可能是幻灭。

虽然书名叫《高老头》,但高老头这个人物,反倒是书中最不可信的。巴尔扎克给友人写信时说,他选择了"一个圣徒般的慈父,一个自我献身的基督徒"作为主人公,但正是这种圣徒感,让高老头变得有点假。用大批评家勃兰兑斯的话说:"高老头是一个牺牲者,而巴尔扎克对于牺牲者总是大发伤感之情。他以极端的低级趣味,管这个老头叫作'父爱的基督',而且给这种父爱赋予了一种歇斯底里到近乎色情的性格,几乎使我们作呕了。"

我当然不敢说"作呕",但高老头的行事确实有点不知所谓。这本小说里,真正的核心人物其实是拉斯蒂涅,巴尔扎克在他身上投入了自己年轻时的影子。

拉斯蒂涅一开始是个野心勃勃的年轻人,他身上很有一些天真,但很快,就有人给他上课了。先是表姐鲍赛昂夫人,她说,"你越没有心肝,越高升得快。你得不留情地打击人家,叫人家怕你。只能把男男女女当作驿马,把它们骑得精疲力尽,到了站上丢下来;这样你就能达到欲望的最高峰。"

还有伏脱冷,也给他灌过迷魂药:"世界上没有原则,只有事故;没有法律,只有时势。高明的人跟事故跟时势打成一片,驾驭它们来达到目的……"

拉斯蒂涅心地并不坏,他只是想成功而已。但是,成功一定要按鲍赛昂夫人或者伏脱冷所说的那样吗?他不信,他在书中众多冷漠、无情的人当中,依然保持了善良和真诚。他非常体贴地照顾高老头,与高老头的女儿们的行为形成了鲜明对比。

但是,他究竟也没有逃掉社会的网罗。他为了成功,向母亲、妹妹索要钱财,不也是一种榨取吗?

巴尔扎克对拉斯蒂涅的态度是比较复杂的,不像对高老头的两个女儿,以及伏盖太太讽刺得那么厉害。他对拉斯蒂涅是温情的,但同时也是矛盾的。这种矛盾,也深处于每一个在城市里打拼的年轻人心中。

或许,这正是巴尔扎克不朽的地方吧。

读契诃夫

契诃夫的童年过得一点也不快乐。他常年生活在担惊受怕之中。他的父亲是一位暴君，经常有事没事就揍小孩，打妻子。安东一生都对这种残暴刻骨铭心。在一篇描写商人生活的小说《三年》中，契诃夫借主人公之口谈到他的童年："我记得父亲开始教育我，说直白点，开始打我的时候，我还不到五岁。他用荆条抽我，扯我耳朵，殴打我头部。我早晨醒来想到的第一件事就是：今天我会挨揍吗？"

除了是一位暴君，他的父亲还是一位狂热的教徒，安东小时候常常被逼着念晨经、做弥撒、去亲吻僧侣的手。他像一个小苦役犯一样慢慢长大。也许正是因为对童年生活的痛恨，他长大之后彻底远离了宗教。

在他的成长过程中，父亲一直在经营一家食品杂货店，但是由于经营不善，于1876年倒闭了。这一年，安东十六岁。父亲带着全家人逃到莫斯科，只留下安东一个人在塔甘罗格生活。他还在读书。

1876年至1879年，他离开了家庭，独立生活，虽然物质窘迫，但也给了他自由和成熟。在这期间，他还阅读了大量俄罗斯经典作品以及德国作家的作品。

三年后，他毕业，去到莫斯科，成为家里的顶梁柱。契诃夫是学医的，他一心想成为医生，但是他面临一个非常现实的问题：钱。

他写了几篇滑稽故事，开始给一些报刊投稿。1880年冬天，他终于发表了第一篇小说。这还不是严肃文学，甚至都算不上文学。当时，他迫于生计，只求速成和多产，写了很多不怎么高明的小说。

转机发生在1886年，著名作家格里戈罗维奇写信给他请他尊重自己的才华。他受到启发，开始严肃对待创作，小说的数量减少了，质量却上升了。

1888年，契诃夫获得了"普希金奖"，在文学界获得了一定声望。

1889年，契诃夫遭遇了精神危机。他说："我没有麻木不仁，也没有精疲力尽，也没有忧伤，但突然间一切在我眼里失去了意义。真需要在我身子底下放点炸药。"

1890年，他开始了一趟远行。他独自一人，穿越西伯利亚，前往安置苦役犯的库页岛。这次长途跋涉充满危险，但却给了他新生。

回来之后，一直到他去世，都是他创作的全盛时期。然而，他的时间已经不多。这位年轻的作家，仅仅四十四岁就离开了我们。

一直以来，他都是一位病人，肺结核病人。同时，他也是一位医生，在写作之外，他花了大量的时间行医。虽然他的行医工作并未给他带来什么收入，但是他一直坚持做这件事。他和很多俄罗斯作家一样，对这片土地爱得深沉。但他又不像托尔斯泰，对于农民有一些美好的想象。契诃夫更冷静，他没有什么宗教情感，但他懂得人。他不喜欢大道理，他的小说往往只是写一件小事，一次遭遇，但在这小事和遭遇中，你可以读到余韵。

《小官员之死》是契诃夫早期的作品，很简单的小故事，写一个小官员看戏时打了个喷嚏。他发现他前面坐着一位将军，为此惶恐不安，一而再再而三地道歉，终于吓死掉了。

《变色龙》也是类似的讽刺故事，我们在课本里学过。奥楚蔑洛夫是一名警督，路上有一个人被狗咬破了手指，生起争执，他前去处理，先是要把狗弄死，后来听说狗是将军家的，便责难起被咬的人来，如此往复几个回合，惹人发笑。

契诃夫的小说，常常有讽刺。这一点和鲁迅有一点像，不仅是官员，任何人，都可以成为讽刺的对象，他不会有什么阶级立场。比如《凶犯》讽刺的就是麻木的农民，这篇小说写的是一场审讯。被审讯的是一个农民，他被控偷走了铁轨上用来固定枕木的螺丝帽。他承认他确实拧了，但只是为了去做钓鱼坠儿，他并不觉得这有什么问题，而且村里人都是这么干的。

当然，除了讽刺，契诃夫也对普通人饱含同情。《苦恼》写的是一个赶马车的老头，他的儿子死了，他在雪地里赶着车，心里的苦恼无人可诉。故事很简单，气氛却让人陷入一种广大的悲哀。

《万卡》读起来更是让人痛心。九岁的男孩被送到鞋匠家里当学徒，他给爷爷写了一封信，信中写他怎样挨饿，怎样被打，怎样想要回家。看到信的最后，没有一个读者不会对万卡感到痛心，而最令人难过的是，最后万卡写好了信，郑重地在信封上写，"寄给乡下爷爷收"。他根本不知道怎么寄信，他也注定等不到他的希望。

契诃夫的很多小说，都只有一个场景，没有太过复杂的情节，人物也只是平凡的普通人：车夫、厨娘、农民、磨坊主、孩子、旅客……但他在这一个个简单的场景中浓缩了他们生活中最尖锐、最沉重的那一部分。他的小说很注重气氛，这一点，卡佛学到了很多。

由于契诃夫关注的是人生中最本质的一些冲突。所以，即使放到今天，阅读他的小说，仍然可以很快地进入，一点也不会感到陌生。

在整本小说选中，《第六病室》是最长的一篇，也是最有分量的一篇。他像是一个寓言，又如此的真实有力。这篇小说有好几个层次，不仅探讨了疯狂和正常这个古老的话题，还活灵活现地写出了那种喜欢大谈观念却不懂具体生活的人。这种人看似超脱一切，其实什么都不懂，空空泛泛地活着，却以为已经掌握了人生真谛。

读契诃夫的小说，不像读很多小说那样，可以总结出那么多的道理和意义。他很多时候，只是在写一种生活，一种状态。每一个人都可以从他的小说中读到熟悉的东西，读到击中你的东西。因为他足够丰富、浩大，但他又如此亲切、好读。

读《卡拉马佐夫兄弟》

一

陀思妥耶夫斯基有一幅最著名的肖像，绘制于1872年。这一年他五十一岁，已经出版了《罪与罚》《白痴》《群魔》等小说。肖像画上的陀思妥耶夫斯基神情萧瑟，穿着一件皱巴巴的大衣，双手抱住膝盖，静静坐在黑暗中。看到作家的样子，我们有时候会大吃一惊——原来他长这样！但陀思妥耶夫斯基似乎本该如此，没有半点不妥。这里坐着的不是一个热情洋溢的人，他不似巴尔扎克那般富态，也不似托尔斯泰那般凛然，他消瘦，甚至有些瑟缩。坐在人群里，他不会是人们首先注意到的那一个，但他也自有一种气场，一种神秘的、自带距离感的气场。

如果你不知道这里坐着的是一位作家，可能会以为他是一位病人。事实上，他确实是一位病人，一生受到癫痫症困扰。发病时，精神异常亢奋，有时候会发出持续不断、听不懂的语言，然后晕倒在地，身体不停抽搐，嘴角吐出白沫。他的病症来自家族遗传，他父亲就患有此病，他的儿子也同样患有此病，并死于癫痫发作。提到作家的疾病并不是偶然。疾病已经深入陀思妥耶夫斯基的生命，他喷薄而出的语言，带着疫病的烙印；就连他笔下的人物，也有不少患有癫痫症，比如《白痴》中的梅思金公爵、《卡拉马佐夫兄弟》中的斯乜尔加科夫。

事实上，阅读陀思妥耶夫斯基，你甚至会感到他笔下的人物个个都处在精神的亢奋和紧张状态中，他所创造的是一个不那么"正常"的世界。

二

陀思妥耶夫斯基1821年出生于莫斯科，父亲是一所公立医院的医生。

他最初在莫斯科一所寄宿学校读书，后来进入彼得堡军事工程学校进修。虽然他对工程不感兴趣，但是父亲要求如此，不能违抗。毕业之后，他在工程局待了一段时间，但很快辞职，开始写作。

生活上，陀思妥耶夫斯基十分放纵自己，永远处理不好钱的问题。1843年，年轻的陀思妥耶夫斯基每个月有三千卢布的收入，当时它还继承了父亲去世后留下的遗产，但是从那时候起，他就债台高筑，经常把自己搞得身无分文，靠赊欠牛奶和面包生活。

1846年，陀思妥耶夫斯基发表了首部作品《穷人》，收获了评论家和读者的双重欢迎。但好运很快离开了他。1849年,他因参与议论时事的聚会被捕,判处死刑。在刑场即将枪决的最后一刻,沙皇特赦,改判苦役,流放西伯利亚。

陀思妥耶夫斯基在西伯利亚待了十年(从二十八岁到三十八岁):苦役四年,军役六年。

在监狱里,《福音书》是官方允许的唯一读物。阅读《福音书》并进行思考,对陀思妥耶夫斯基来说至关重要。他后来的作品里有很多思想都与此有关。

1859年,陀思妥耶夫斯基回到彼得堡,很快投入工作。1861年,他发表《被侮辱与被损害的》,1861年至1862年发表《死屋手记》。《罪与罚》于1866年出版。

在很长一段时间里,陀思妥耶夫斯基的生活都很拮据,赌博让他的生活更加困难。1865年哥哥去世后,他很快破产,但他还是承担了照顾哥哥家庭的重任。压力之下,他疯狂写作,他最著名的作品,像《罪与罚》《白痴》《群魔》都是在这种压力下写完的。他不得不抓紧时间,有时候为了赶在最后期限完成连再读一遍的时间都没有。(多说一句,陀氏也是夜猫子作家,经常写到凌晨五六点,睡到下午两三点起。)

1867年之后,陀思妥耶夫斯基的生活才算有了保障。《群魔》获得巨大成功,《卡拉马佐夫兄弟》也为他带来了极高的声誉,但是他还没有来得及写完第二部就去世了。那是 1881 年。

三

关于陀思妥耶夫斯基，已经有太多人评价过。尼采、纪德对陀氏都抱有极大敬意。尼采说，"陀思妥耶夫斯基是我生命中最美好的际遇"；纪德说，"读陀思妥耶夫斯基，是一件终身大事"。

不过，也有人看不上陀氏，纳博科夫就说："陀思妥耶夫斯基算不上一位伟大的作家，而是可谓相当平庸——他的作品虽不时闪现精彩的幽默，但更多的是一大片一大片陈词滥调的荒原。"

前人的评论，可作参考，但究竟感受如何，还是得自己去读。

阅读《卡拉马佐夫兄弟》，我的第一感受是"隔"。不是王国维所说的"隔"，而是一种由文化造成的阅读障碍。在故事层面不存在问题，虽然整部小说漫长浩大，但你一定能读懂这个故事。如果简化一下，故事的核心就是一桩弑父案，围绕着一个父亲和他的四个儿子（其中一个是私生子）展开。

小说的一开始，作者就煞有介事的透露，将有一桩惨绝人寰的血案发生。我们一直在等待它发生，并为之寻找凶手。如果你愿意，完全可以把它当作犯罪小说来读。事实上，作者使用了很多犯罪小说的技巧，他特意制造了障眼法来模糊凶手作案的细节，让悬疑能够保持，成为一个吸引我们读下去的谜。但除了故事，这部小说还包含很多东西。它不似现代小说那般平滑，它复杂，接纳一切。在这部小说中，核心的问题频频指向宗教。正如陀氏在给友人的信中所说："贯穿本书各个部分的主要问题正是我一生在有意识或无意识中为之痛苦的问题：上帝的存在！"

尼采说出"上帝死了"是在1883年，这句话出自《查拉图什特拉如是说》。而那时陀思妥耶夫斯基已经去世。陀氏不像尼采这样斩钉截铁，他一直在思考，但没有给出结论，虽然他倾向于阿辽沙这个天使一般的人物，但是他也借伊万之口写出了《宗教大法官》，他看重东正教的美好力量，同时也认可理性的重要。他的矛盾充满了书本，也构成了这本书的隐性张力。

而我的"隔"也正在于此。作为一个无神论者，没有宗教情感，很多地方我能够理解，但无法感受。真正激动人心的这种精神层面的拉锯，在我的脑中并没有产生。

"如果没有上帝，该怎么办？"在陀氏那里，这是一个非常难办的问题。因为没有上帝，也就意味着"一切都是被允许的"，而这是不可想象的。但在我这里，没有上帝很正常。所以，作为一个二十一世纪的读者，我们必然是会失掉一些十九世纪读者所得到的东西。但除此之外，还有其他。

在《卡拉马佐夫兄弟》中，我体验到两种快感。一种是叙事快感，一种是观念快感。所谓叙事快感，简单地说，就是故事看得爽。看《卡拉马佐夫兄弟》，你会发现陀氏用了不只一种讲故事的节奏。在全书开始，他先是概览式地带我们认识了卡拉马佐夫一家。在这个部分，时间和人物都离我们很远。进入第二卷，速度慢下来。我们开始进入这个世界的内部，听到人物的声音和想法。仅仅修道院的一场聚会，就写得细致纷呈，正是从这里开始，每一个人物才正式上场。

接着，阿辽沙作为中介，带领我们去到了这个世界的各个地方，和各个人物打交道。这个过程迂回漫长，直到凶案发生的那一晚，叙事突然紧张起来。那一整段，从德里特米去找父亲，到他仓皇出逃，到城外小店追上格露莱卡，一气呵成，看得人目不转睛，有一种在燃烧的感觉。纪德说："他书中的事件在某一时刻相互混杂纠结，形成一种旋涡。"德里特米去找父亲的那一段，正是旋涡开始的地方。

陀氏的叙事是漫射的，虽然有一根主要线索，但这条线索进行的同时，还会写到很多其他人和事。这种写法涵盖一切，但会不平衡，对口味已经被惯坏了的现代读者来说，有些困难。

所谓观念快感，则是指小说中思想层面的探索所带来的快感。和现代小说不一样，在陀氏的小说中，人物总是在表达——完整的、大段的表达。现代小说作者对小说的要求远远低于陀氏、托尔斯泰这一时期的作家，现代小说家们明白小说的局限，所以主动让作者的声音引退，但十九世纪的作家往往滔滔不绝，那个时候，小说包含的意义广泛得多。

书中有代表性的是佐西马神父的布道，以及伊万和阿辽沙的那场对话。伊万讲述的《宗教大法官》故事是书中的华彩章节，虽然是个故事，但观念的成分更重，他指出了人们信仰宗教不过是在逃避自由，而世人所追求的不过是：奇迹、秘密和权威。独到的分析，会让你看到一种全新视角，体验到思考的魅力，从而得到一种满足感。但是，陀氏并不提供最终答案。他只是提出问题，"他主要不是寻找解决办法，而是要做阐述"，纪德说："一句话，陀思妥耶夫斯基不是真正的思想家，而是小说家。他最珍贵、最精细、最新颖的思想是通过他的人物表现出来的。"

陀氏创造的世界并不像托尔斯泰的小说那样有现实感。这是一个变异的世界，虽然看起来一切正常，但好像总有一些歇斯底里。人们都说，陀思妥耶夫斯基是现代主义文学的先声，因为他首次关注并表现出了人的精神世界。在一个对精神追求日益浅薄化的今天，阅读陀思妥耶夫斯基不失为一种挑战。

◎ 小说 ◎ 人与书 ◎ 十九世纪的华文创作 ◎ 阅读与写作 ◎ 惊喜 ◎ 一场误入歧途

读塞林格

读《九故事》

一

《九故事》出版于1953年。这一年,塞林格三十四岁。两年前,他出版了《麦田里的守望者》,大获成功。一年前,他在新罕布什尔的科尼什买下了九十英亩的房产。此后半生,他一直"躲"在这里,拒绝大众和媒体的窥探。

在这本短篇小说集里,他的天才之处俯拾皆是。每一篇似乎都充满谜团,需要读者耐心仔细地寻得钥匙,方能进入。

《抓香蕉鱼最好的日子》是本书的第一篇,也是人们提到最多的一篇。它不仅是一个迷人的故事,还在一开始就确立了整本书的风格——或者说,塞林格的风格。

这篇小说,读者往往读得一头雾水,却又情不自禁地被它吸引。小说不长,大体分为三个部分。第一部分,写的是一个姑娘,似乎刚刚跟人私奔,在酒店里和老妈一边打电话,一边涂指甲油。从她们的对话,我们知道,她的男朋友叫西摩,西摩似乎有精神病,"有可能完全失去自理能力",妈妈很不放心他们在一起。

这段对话的信息非常芜杂,像现实生活中的对话一样,谈话双方总是岔开话题,语言零碎而不连贯,和我们惯常看到的小说中逻辑顺畅、条理清晰的对话很不一样。但是,这样的对话才更加真实,也更尊重读者,它需要读者有足够的耐心和敏感,能够自己在谈话的碎片中发现重要信息,而非完全由作者带动。

第二个部分,叙述转向西摩,他正坐在海滩上,和一个叫作西比尔的小朋友聊天。他很温柔地与这个小女孩闲聊,聊的也都是很琐碎的话题。他对西比尔讲了一个香蕉鱼的故事:香蕉鱼喜欢吃香蕉,它们游进一个全是香蕉的洞里。在洞里,它们不停地吃,变得很胖,就再也出不来了,最后,它们都死了。很显然,西比尔听不懂这个故事的隐喻,但她喜欢这个故事,还说自己见到了香蕉鱼,她愿意相信他。

第三个部分,很短。西摩回到房间,"在一堆短裤和汗衫底下拿出一把7.65口径的奥其斯自动手枪……对准自己的右太阳穴开了一枪。"

故事到这里结束了,或许你也会觉得莫名其妙,西摩为什么要自杀?

我只能提供一点我的看法,不一定正确。

在姑娘和妈妈打电话的过程中,透露有一个细节:西摩刚刚从战场回来,他的情绪不稳定,很有可能正是因为战争的缘故。

至于他在战场都经历了什么，小说并没有透露。但战争确实是《九故事》这本小说集中非常重要的一个背景。《康涅狄格州的威格利大叔》《和爱斯基摩人大战前》都提到了战争，《在小船里》与反犹有关，《为艾斯美而写——有爱也有污秽》则直接写了战争。

毫无疑问，这和塞林格自己的经历密切相关。

1941 年 12 月 7 日，日本人轰炸珍珠港，美国被迫卷入战争。1942 年 4 月，二十三岁的塞林格服役参军，成为一名反情报组织的特工。1944 年，他前往英格兰，随盟军登陆欧洲大陆。整个二战，塞林格九死一生，一直在前线服役。甚至战争结束后，他也没有立刻回家，而是协助盟军占领德国并实施"消除纳粹化"，抓捕、审问战犯。

这里有一个插曲。在他十八岁的时候，父亲想把他锻炼成生意人，派他去了一趟欧洲。那个时候，他在维也纳和一个犹太家庭共同生活了十个月。这家人给了他很好的印象。那家人的女儿漂亮而纯洁，一家人都非常美好。但是，塞林格战后重返奥地利，希望找到那个姑娘，结果却一无所获。那一家人在大屠杀中无一幸免。

塞林格不像海明威，他不愿正面描写战争。对于战争，他坦陈自己被吓破了胆；对于作战经验，他不愿意提。他说，作战经验是无法用文字形容的，但这些经历，必定影响了塞林格，他在战争中看到的残酷与无意义，并非一点都不重要。

《香蕉鱼》这篇小说，便是一种回应。西摩并非莫名其妙就自杀了，而是一早就打定主意要结束生命。作者虽然没有透露真正的原因，但也给了我们一些只言片语。你可以简单地理解为他是战后精神创伤，也可以升华为对人类的失望。但这一切，全看你自己，作者不会再多说一句。

二

谈到战争，不得不提《为艾斯美而写——有爱也有污秽》。这是一篇极其温柔的小说，能够唤起人们心中最美好，最良善的那些东西。

小说由两部分构成。第一部分是第一人称叙事，叙述者的经历和塞林格很像，1944年，他在英国德文郡参加一个由英国情报局主办的培训班。训练完毕，在小镇的一家茶室里，"我"遇到了一位小姑娘，"我们"聊了很多。通过对话，读者可以看得出来，小姑娘很怀念她的父亲（他在北非被人杀害了），所有的话题，他都可以回到父亲那里去。但她表现得很镇定，很聪慧，很得体。她还有一个小弟弟，什么都不懂，只知道玩耍，也和"我"打了招呼，聊起天来。总之，那是一个美好的下午。

最后，我给小姑娘留了地址，她说会给"我"写信。

第二部分，由第三人称叙述展开。主要人物是X，也就是第一部分的"我"。这一部分的主体内容，也是一段对话，发生在他和战友Z之间。Z有点粗鲁，闯进房间，有的没的和X聊了很多。从他们的对话中我们得以知道，X受过一次很严重的伤，精神崩溃了，手到现在还总是不停发抖。

Z嘲笑X的崩溃，引用他学心理学的女朋友的话，"没有人打个仗什么的就精神崩溃的"。但从之后的对话中我们发现，Z自己的心理状态也不太好，只是不想，或不敢承认。那个年代，人们对士兵的"精神状况"并不关心。精神问题被看作懦弱。

X经由Z的打扰，精神很不稳定。在小说的最后，他发现了一个包裹，里面是艾斯美寄给他的信。随信还附有一只手表，那是艾斯美父亲的。小姑娘在信中说，"常常想起你，还有那个我们相伴度过的极其愉快的午后"，信并不长，但非常动人，那个小弟弟查尔斯还在信上写了几个刚学会的字：

"你好 你好 你好 你好 你好
你好 你好 你好 你好 你好
爱你 吻你 查尔斯"

在战争的残酷之后，X"握着表坐了很久很久"，"然后，他几乎是狂喜般地发现，他感到了睡意。一个人只要还能真正感到睡意，艾斯美，那他就有希望再次成为一个——一个完——好——无——缺——的人。"

在我看来，这篇小说和《香蕉鱼》讲的是同一个事情，只是西摩和X做了不同的选择，在最糟糕最"污秽"的时刻，他感受到了"爱"的"启迪"。

这是塞林格关于战争最动人的小说，他不写战场上的英勇、残酷，或是别的，而更关心战争对人的影响。他关心人的精神状况，关心人类的精神状况。

三

《康涅狄格州的威格利大叔》和《美是嘴唇而我的眼睛碧绿》这两篇小说，则和婚姻有关。当然，也关于生活的溃败。

《康涅狄格州的威格利大叔》写的是一个女人拜访一个老同学，这个同学结了婚，有一个孩子，她对孩子并不在意，对这场婚姻也深恶痛绝。她曾经有一个爱人，但是他在战争中去世了。她怀念那些日子，却被困在生活的牢笼之中。虽然小说没有写得很明白，但是可以看得出来，这个女人是为了进入中产阶层，才和现任丈夫结了婚。在小说的最后，她回想起自己刚刚来纽约，有一次穿了一件黄褐色的裙子，而遭人嘲笑。也许就是从那时起，她立誓要改变自己的地位。那时她是个"好姑娘"，但一切都回不去了。

《美是嘴唇而我的眼睛碧绿》很有意思，和这本集子中的大多小说一样，整个故事大体由对话构成。一个男人给另一个头发花白的男人打电话，抱怨自己的妻子夜不归宿，抱怨工作。他精神很脆弱，时而陷入自我怀疑，时而又兴奋起来。

另一头，这个头发花白的男人，安抚着他，说话有条理，并且非常耐心。随着叙事到了尾声，我们不由得开始怀疑：那个一直在头发花白的男人身边的女人，难道就是电话那头那个男人的妻子？

这篇小说像一个讽刺短片，里面埋藏着一个秘密，直到最后才突然揭开。

在《九故事》中，这样的叙事风格比比皆是。它们往往由对话构成，这些对话看起来毫无作用，但处处暗藏玄机，需要你细心捕捉线索，才能发现真相。在塞林格这里，生活的真相犹如一个个谜。而读他的小说，有一种读侦探小说的快感。

虽说塞林格自己并不推崇海明威，但很多篇章着实很有一些海明威的"冰山理论"的痕迹。如果把《白象似的群山》放到这部集子里，风格上一定很是融洽。同样的，卡佛的小说，或许也在这个脉络之下。

读塞林格

四

在整本集子中，《泰迪》我始终无法进入。

这篇小说在某些方面，有点像《香蕉鱼》。故事的主人公是一个男孩，名字叫泰迪，他们一家正在一艘游轮上。神奇的是，这个男孩自称是某个印度先知的转世，而他果然有许多不凡的见解。

小说的最后，塞林格又设置了一个谜语，我们听见"一声极为刺耳的长长的尖叫声——分明是一个小女孩发出的"。

这个女孩，指的是泰迪的妹妹。那么，到底发生了什么？泰迪将妹妹推下了游泳池？还是相反，妹妹发现泰迪自杀了？

我毫无头绪。《泰迪》是这本集子里写得最晚的一篇，发表于1953年。在前一年，塞林格还未搬到新罕布什尔州乡下之前，他经常光顾纽约的罗摩克里希那-辨喜中心，开始接触《罗摩克里希那福音书》。在往后的日子里，他不断阅读这本书，并深受影响。

这本书是孟加拉圣人罗摩克里希那与其信徒的谈话录，被塞林格称为"世纪宗教第一书"。罗摩克里希那的信仰，被称为吠檀多。吠檀多的思想里，每个灵魂都是神圣的，身体只是躯壳。很显然，《泰迪》这篇小说很有一点传教的意思。

这篇小说与集子里的其他篇章，已经有所分离。这个问题，或许我们会在《弗兰妮与祖伊》和《抬高房梁，木匠们；西摩：小传》两本书里再次遇到，据说那两本书更加难读。

不过，在此之前，我们还是先去读读《麦田里的守望者》吧。

读《麦田里的守望者》

一

《麦田里的守望者》是塞林格的第一本书，也是他唯一的长篇。

这本书是他一直以来的心愿。写了很久。在巴黎，在诺曼底，他带着手稿去了很多地方。直到 1949 年，他终于得空，闭门不出，写了一整年。

这一年，塞林格已经三十岁，离少年时期已经很远，但这本书却让每一个少年都从中看到了自己。一出版就大为畅销。

不过，小说中大量俚语的使用，被很多批评家视为冒犯。主角霍尔顿喝酒、抽烟、满口脏话，更是被当时许多图书馆和学校列为禁书。

讽刺的是，几十年后，这本书又出现在许多图书馆和学校的荐读书目上。所以说，不论外部的评价如何，一本书到底如何，还是要我们自己去看。

二

有朋友说,"几次拿起《麦田》都没有读完,不知道作者通过描述一个差等生,想表达什么意思。"

霍尔顿确实是个差等生,六门功课有五门不及格。但是,差等生又怎么样?差等生就一文不值,要被彻底否定吗?如果你站在大人那一边,或者说,站在现有秩序那一边,肯定认为差生就是懒惰、无能、品质败坏。

但作为曾经的学渣,我想稍稍为霍尔顿做一点辩护。首先,一个人值不值得交往,或者说,一个人好不好,和他的学习成绩无关,最重要的是他的品性。这里有一个分歧,大人们是懒得去探究一个人的品性的,那很耗时,而他们没有时间。

所以,他们会通过一些标签去分辨,比如家境,比如成绩。但小孩子却不管这么多,他们和一个人交朋友,才不会在意那个人是不是校长的孩子,或者他成绩有多好,关键是玩不玩得来。但随着人的成长,有些孩子也慢慢沾染了这些习气,也许是父母的教育,也许是环境的影响,人的心性被蒙上了一层雾,行为也被规范起来。

相比之下,学渣在这方面反而获得了一些自由。不论他是有意还是无意,都悄悄脱离了某些规范,获得了一种别样视角;不论他是积极还是消极的,在某种层面上,都成了既定秩序的反叛者。

霍尔顿就是这样一个反叛者。当然,他的自觉性更强。

回想我的十六岁,功课也大多不及格,坐在教室的最后一排,被班主任视为眼中钉。我向来知道,学渣与否,与一个人的品性无关。如果你一路看下去,一定会发现,霍尔顿心里纯净得很。

他不是完美的人。事实上,完美的人尤其可怕。他有点刻薄,但心肠不坏,他表现得很虎,但其实很怂。他很矛盾,一方面讨厌成年人的世界,一方面又对它感到好奇。它害怕成为虚伪成人的一员,所以想要逃离。

这本书,就是他逃离的尝试。

三

看完这本书,我发现它其实是一个冒险故事。霍尔顿就像是堂吉诃德,一个反叛者,一个不会成功的英雄。

小说由第一人称叙事展开,所有事件都发生在 48 小时内。也就是说,小说的时间跨度只有两三天。在这两天三里,霍尔顿见了很多重要或不重要的人,比如斯潘塞老师,比如萨莉,甚至哥哥的朋友卢斯。很多时候,他只是不想一个人待着。

他还去了很多地方,比如纽约的火车站,酒店,酒吧,夜店,百老汇,博物馆,夜里的中央公园……他不停地走,似乎想摆脱什么,却总是徒劳。

他也遇见了不少事,最有趣的一件,是他在酒店电梯里遇见一个拉皮条的,因此叫了一个妓女,但是没有和她上床,最后反遭他们敲诈。

为什么没有和妓女上床?他自我辩解道:"如果她是个岁数大的妓女,脸上再化一副浓妆,给人的感觉就根本没那么可怕了。"这个妓女太年轻了,实际上只是个孩子,这让他感到难以忍受。

看这本书,你会发现故事里没有什么激烈的剧情,也没有高潮,甚至没有第二个主角。故事线索,就是霍尔顿的游荡。在游荡中,他时刻发表意见和评论,时刻钻进意识深处,联想种种往事。

整本书里,有两段对话可以看作是霍尔顿的自白。如果想要了解作者到底是什么意思,这两段对话可能尤为重要。

第一段是和萨莉,他的一个朋友。他们谈起了未来。在这里,霍尔顿似乎一眼看透了成人世界的无聊:

"我们上了大学之后,不会有什么好地方可去。我们会不得不乘电梯下楼,拎着手提箱什么的……我会在一家公司工作,挣很多钞票,坐的士或者麦迪逊大道上的巴士上班,整天看报纸、打桥牌,还去电影院看很多烂片、流行新片和新闻纪录片……"

可以看得出来,他不想被这一切收服,竭力逃跑。

另一段是和妹妹菲比,菲比只有十岁,却是他最喜欢

读塞林格

的人。他还喜欢已经去世的弟弟艾里，因为他们仍然纯真。

菲比虽然年纪很小，但很聪明，一下就猜出霍尔顿被学校开除了。

菲比说："你对发生的任何事情都不喜欢。"

紧接着，作者写道："这句话让我沮丧极了。"

为什么沮丧？因为这可能是事实，霍尔顿确实看什么都不喜欢，但他又否定，不是的，他喜欢菲比，喜欢艾里，甚至喜欢今天早上遇见的那两个修女。

那两个修女在故事里很重要，她们代表着一种珍贵的品格，即使在成人身上，也没有丢失。但是，大抵上，他是很苦恼的，他不想成为这个污糟成人世界的一员。所以，当谈到他想做什么时，他说自己想做一个麦田里的守望者：

"我老是想象一大群小孩在一大块麦田里玩一种游戏，有几千个，旁边没人——我是说没有岁数大一点儿的——我是说只有我。我会站在一道破悬崖边上。我要做的，就是抓住每个跑向悬崖的孩子——我是说要是他们跑起来不看方向，我就得从哪过来抓住他们。我整天就干那种事，就当个麦田的守望者算了。"

他想维护这个纯真的世界，不被侵犯和污染。

四

十六岁，确实是一个敏感的年纪。站在成人世界的门外，既好奇，又惶恐。如果足够聪明，一定会发现生活可能就是一个巨大的陷阱，而未来并不可期。

霍尔顿厌恶虚伪，这里有一个很关键的因素，他是一个现代人。他有很强的自我意识，在这个年纪，他已经知道自己是一个什么样的人了。但其实，很多人对此是没有觉察的。他们只是按照一种习以为常的规则，走进了成人世界的工厂，毫不迟疑。

这本书所以能够打动许许多多人，可能就是因为，它松动了我们看世界的眼光，让我们忽然想起那些可能已被抛弃了的纯真。王小波说，"生活就是个缓慢受锤的过程"。霍尔顿也发现了这一点，所以想要逃跑。但终究逃不掉。

在小说的最后，霍尔顿本来想远走高飞，去西部，找一个小木屋，独自生活。但是，菲比留住了他，他看着菲比在旋转木马上高兴的表情，也感到高兴。或许，他体会到了责任。或许他只是感受到了成长无法阻挡。故事到此为止了。之后，他去了另外一所学校，继续生活。他必须长大，也必须做出妥协。

这些，我们都看不到。他的未来会成为怎样的一个人，我们也不可能知道了。但，这两天是一个间隙，是永远不可能成功的反叛。对在乎的人来说，有这两天，或没这两天，很不一样。

福克纳说得好，他很少评价现代作品，但认为《麦田》很不一般：

读塞林格

"一个青年人，不管持有什么古怪的主张，总有一天必须当一个成年人的，他会比某些人聪明，会比大多数人更加敏感，他也许是因为上帝使他头脑里有这样的想法吧，他爱成年人，希望成为大人的一员，人类的一员，他想参加到人群里去，但是失败了。在我看来，他的悲剧不在于，如他或许会想的那样，自己不够坚强，不够勇敢或是不值得被接受进人类。他的悲剧在于，当他企图进入人类时，人类根本就不在那里。"

读这本书，仿佛又重新回到了那个迷茫、彷徨的青春期。如今，我长大了，不得不学会了妥协，不再那么坚硬、易碎。但可喜的是，我从来没有变成我讨厌的人。

读《弗兰妮与祖伊》和《抬高房梁，木匠们；西摩：小传》

一

很抱歉，这篇文章可能会有点长。塞林格给我们设置了太多障碍，我必须小心翼翼，一点点穿过它们，或者，终于穿不过去。

如果你现下还没有读过塞林格，希望你在日后读到时，会想起这篇文章。因为它大抵是写给那时的你看的。

当然，如果你不嫌我絮叨，现在一口气读下去，是最好不过。（再次向你道歉，我真的被巴蒂·格拉斯带坏了，我会赶快进入正题的。）

我把塞林格创作生涯的最后几篇作品做了一个年表，好让你对它们有一个初步印象：

> 1953年，塞林格三十四岁，在《纽约客》上发表了《弗兰妮》。
>
> 1955年，写了足足一年的《抬高屋梁，木匠们》完稿，在《纽约客》发表。

1957年5月,《祖伊》在《纽约客》发表。这是除了《麦田里的守望者》,塞林格最长的小说。

1959年6月,《西摩:小传》在《纽约客》发表。

1961年9月,《弗兰妮与祖伊》出版。

1963年,《抬高屋梁,木匠们;西摩:小传》出版。

1965年,《哈普沃兹16,1924》在《纽约客》发表,反响不佳。这一年,塞林格四十六岁。自此以后,他再也没有发表过任何作品。

以上,你会发现,塞林格写得虽然不多,但用心颇为专注。他后期的所有作品,全都关于格拉斯家族。

在《弗兰妮与祖伊》1961年精装版的外封上,塞林格写下了这样的话:"这两个故事都来自我原先为一个小说系列写下的提纲,我要写的是二十世纪纽约的一户人家,格拉斯一家……我喜欢写格拉斯的故事,我在大半生里都在等待它们,我在写作上不遗余力,要以兢兢业业的态度调动所有的技巧把他们的故事写完。"

不知道在塞林格的计划里,格拉斯一家的故事究竟有没有写完?但有一点毫无疑问,在塞林格的后期创作中,格拉斯一家意义非凡。

除了《哈普沃兹16,1924》,其余四篇,将是我们今天关注的重点。不过,要走近这些作品,我们不得不先对格拉斯一家做一番人口普查。

二

格拉斯一家都有谁?

首先要介绍的是莱斯·格拉斯和贝茜·盖勒格两口子,他们曾经是马戏团的杂耍演员,在纽约定居后,一共养育了七个孩子。

西摩是老大,出生于1917年。聪明、早慧,十五岁就进了哥伦比亚大学,十八岁就拿了博士学位,年纪轻轻便当上了教授。

二战期间,他加入空军;1942年,他在加利福尼亚州的一个B-17轰炸机基地做连队代理秘书。同一年,他在与穆丽尔的婚礼上临阵脱逃。不过,后来他们还是结婚了。

1948年,三十一岁的西摩在佛罗里达和妻子一起度假时,用手枪结束了自己的生命。(这一片段出现于《抓香蕉鱼的好日子》那篇小说,收录于《九故事》,是关于格拉斯家族最早的文本。)

巴蒂是老二,出生于1919年,比西摩小两岁。他也参加了二战,是一名下士。战后,在纽约州北部一所女子大学英语系任兼职教员,"一个人住在一所即便不算寒酸也绝对是普普通通的房子里,位于丛林深处。"

塞林格后期的小说,叙述者全部都是巴蒂,他甚至在小说中承认,是他创作了这几篇小说,甚至《麦田》

也是他写的。这当然是塞林格的小把戏,他似乎想让自己隐退,而让他的作品独立存在。

波波是老三,生于1921年。她曾在海军女子预备队做少尉,是格拉斯家族中唯一一个真正开朗的人。后来成为威切斯特郡的一名主妇。

双胞胎沃特和维克是老四和老五,出生于1923年。沃特1945年"死于一场荒唐的难以形容的美国大兵事故"。维克在战争期间拒绝服兵役,战后成为一名四处游走的记者修士,再后来入寺修行。

祖伊是老六,出生于1930年,比西摩小十三岁。他是一位演员,也是格拉斯家族中长得最好看的一个。

弗兰妮是小七,比祖伊小五岁,出生于1935年,她也喜欢演戏。不过,所有关于格拉斯家族的叙事,最晚只写到1963年,我们不知道她长大后做了什么,她在《弗兰妮》和《祖伊》中还在上大学。

格拉斯家的七个孩子,生活各不相同,但有一个共同点,那就是——聪明。

1927年,十岁的西摩和八岁的巴蒂,参加了最早的《智慧之童》节目(这是一档让孩子来回答各种问题的广播节目),之后,格拉斯家的七个孩子,全部参加过这个节目——他们的聪慧、敏捷,在节目中常使听众惊异、赞叹——历时十六年,轰动一时。

这有什么暗示吗?或许有,或许没有。但我们知道一点，他们都很聪明，而这种聪明可能正是他们不稳定的来源。

三

好了，现在你大概知道，格拉斯家的孩子都姓甚名谁了。（如果你已经厌烦了这一切，我无力阻挡，但不妨再往下看看，我们马上就要进入具体的文本。）

在关于格拉斯家族的创作中，塞林格主要着墨的人物，包括：西摩（一切的开端）、巴蒂（主要叙事者）、祖伊和弗兰妮四人。

下面，我们就一篇一篇地来看看这四篇小说吧。

首先是《弗兰妮》。

《弗兰妮》沿袭了塞林格从《九故事》到《麦田》的叙事风格。主要内容由一场对话构成，充满谜团，无疾而终。

我看过很多评论，他们把塞林格大大夸了一通，但对于这些谜团，往往都是绕道而行。作为一个傻乎乎的读者，我试图正面迎击这些谜团，虽然可能会失败（事实上，我知道一定会失败），但我很享受这一过程。

读塞林格有两大乐趣，其一是被他的语言引入圈套，其二便是试图找到出口。他像一只漂亮的蜘蛛，织下了一张天罗地网,而我们,都是他的猎物。

回到小说。时间是星期六,正在上大学的弗兰妮和她的男朋友赖恩约好一起过周末。他们从火车站出来后,选了一家叫"稀客来"的餐厅吃饭。谈话并不愉快,弗兰妮总是在挑赖恩的毛病。

赖恩洋洋自得地吹嘘自己作业(一篇关于福楼拜的论文)拿了A,滔滔不绝,越讲越兴奋。弗兰妮有点受不了,说赖恩"讲话就像一个代课的",空洞无知,糟蹋东西,虚荣、自我。

气氛有点尴尬。但弗兰妮并不打算停下来,她激烈地批评了一通那些胡吹海侃,绣花枕头的人。对所有中产阶级的做派都大加挞伐。这一点和霍尔顿几乎一模一样。不过,她对这一切颇有自觉,"她听到自己的声音吹毛求疵、惹人生厌,心里漫过一阵对自己的憎恶"。

很显然,她正在经历一场精神危机。这危机和霍尔顿的危机也基本一致。弗兰妮和霍尔顿都喜欢清澈、真诚、聪明的人。他们自己就相当聪明,聪明到有点忍受不了生活,"每个人做的每件事都是这么……微不足道,这么毫无意义,还有——叫人伤心"。

格拉斯家族的孩子们,包括霍尔顿,都仿佛受到了"聪明的诅咒"。他们眼睛锐利,看不惯任何虚伪的人和事,讨厌重复、无聊的世界,和这个社会格格不入。

这一点，恐怕也正是塞林格自己一直面对的问题。他选择把自己包裹起来，躲到了乡下。人们总是喜欢用美国人的精神危机来套入塞林格。但我越来越觉得，后期的几本书，塞林格基本上是在和自己对话，是在试图说服自己，或治愈自己。（只有在《九故事》等早期作品中，他才试着去处理外部世界。）

他对佛教禅宗、对吠檀多的兴趣，是他为自己的精神困境寻找出路的尝试。这些思想碎片与精神动态，也同样反映到了作品中。在《弗兰妮》的后半段，对话转向宗教。弗兰妮谈到随身携带的"一本豆绿色布面的小书"——《朝圣者之路》。

这本书讲的是一个俄国农民想要搞清楚《圣经》里说要不住地祷告是什么意思，于是踏上了朝圣之路。他遇到了一个长老，长老告诉他只要不停地念祷告词，就会有事情发生了。这似乎有点像净土宗里念"南无阿弥陀佛"的效果。

但是，到底有什么事情发生了吗？

好的事情没有。弗兰妮倒是在去厕所的路上晕倒了。

"弗兰妮一个人静静地躺着，看着天花板。她的嘴唇开始嚅动，无声地念着什么，她的嘴唇就这样嚅动着。"

这是小说的最后一句话。没有人知道这篇小说到底是什么意思。读者对它的解读五花八门，有的读者甚至相信弗兰妮怀孕了。塞林格当然不是这个意思，但他写

读塞林格

得太晦涩了，我们仍然一头雾水。

不过，这或许就是全部了。弗兰妮试图去寻找一个更超脱的世界，但是却想不清楚，被撕扯，割裂，仍然充满矛盾。

这一切，正好接入《祖伊》。在那篇小说中，格拉斯的孩子们似乎终于找到了答案。

不过，在谈《祖伊》之前，还是先来谈谈塞林格的写作技术。

虽然《弗兰妮》的内容关于一些玄而又玄的问题，但神奇的是，它依然能将人紧紧地吸引住。塞林格有一种再现生活的能力。通过对话，特别是那些不相干的语句，那些溢出来的生活碎片，将我们一点点带入文本。

他的对话即使冗长，也不会给人做作的感觉，反而充满活力。我不知道他是怎么办到的。如果硬要说，或许可以简称为"泥石流"对话法：不过分修剪，反而泥沙俱下，充分将生活细节纳入对话，它可能会显得有点啰嗦，却能给人带来一种无比真实的感觉。

同时，他又把海明威的"冰山理论"用得出神入化。结果就是，你看着人物叽里呱啦聊着各种相干不相干的事情，但叙事之中却充满空隙和谜团。你毫无办法，只能被他吸引着一直读下去。

读到最后，很有可能还是莫名其妙，但不由得又感到意犹未尽。

这就是塞林格的魔法。

扯远了。先打住。（如果你感到口渴，可以先喝一口水，下面估计还有一段跋涉，希望你不要现在就放弃了。）

四

下面我们进入《祖伊》。

《祖伊》的故事，发生在弗兰妮在饭店晕倒的两天之后。

在写作手法上，《祖伊》和《弗兰妮》有一个很大的不同。《弗兰妮》中，叙事者是隐退的，就像我们惯常看到的那种第三人称叙事。但是在《祖伊》中，叙事者巴蒂·格拉斯现身了。他从一开始就出现，并敬告读者"我即将献给各位的根本不是什么短篇小说，而是有点像家庭录像带一样的东西"。

巴蒂的现身，让我们对叙事有了一种神奇的亲近感，我们仿佛真的被带入了一个"家庭录像带"。甚至，我们还来到了格拉斯的大本营——格拉斯的家里。

这篇小说的所有事件，均发生在这栋位于纽约不知道什么地方（抱歉，我没有去查）的房子里。

这篇小说和《弗兰妮》一样，没有什么事件，主要由三场对话构成：

第一场在浴室里，祖伊和格拉斯太太的对话；

第二场在客厅，祖伊和弗兰妮的对话；

第三场在电话里，还是祖伊和弗兰妮的对话。

在第一场对话之前，祖伊（此时他二十五岁，是个演员）正在浴室里泡澡，顺便读了一封来自巴蒂的旧信（写于四年前）。

在这封信中，巴蒂拉拉杂杂讲了很多，主要是帮祖伊分析他做演员到底有没有前途。不过，字里行间，巴蒂的过往、经历、生活也透露了出来，信中还多次提到了西摩。

从这封信里，我们知道，西摩和巴蒂在祖伊和弗兰妮小时候，给他们提供了很多课外读物（比如《奥义书》《金刚经》，比如耶稣、乔达摩、老子、六祖慧能、罗摩克里希那……）。祖伊和弗兰妮的精神世界，是由西摩和巴蒂塑造的。如今，他们对精神世界过分看重，甚至被它所累。

巴蒂还提到他写这封信的初衷，来自一次顿悟。他在逛超市的时候，遇到了一个母亲带着一个小女孩。他问小女孩："你有男朋友吗？"小女孩告诉巴蒂，她的男朋友叫鲍比和多萝茜。

就在这时，巴蒂顿悟了。原来，西摩曾告诉他："任何宗教研究必须引向对'不同'的扬弃，虚幻的不同，男孩和女孩的不同，动物和石头的不同，日与夜的不同，冷与热的不同。"

如果你注意到小女孩说了一个男孩和一个女孩的名字，你就会发现小女孩让巴蒂想到了"放下差别"。按照这个思路，要不要当演员，已经不重要了。做什么都没有什么不同。重要的是行动。"无论何时何地，只要你想行动，因为你觉得你必须行动，但是要全力以赴。"

好吧，这看上去确实是一封不错的家书。但显然，对"不同"的扬弃同时也指向格拉斯一家人的症结所在，也就是对精神世界的过分看重。

下面，我们进入第一个场景的对话——贝茜，也就是格拉斯太太，跑到浴室里来找祖伊聊天。聊天很发散，他们俩都很锋利，很幽默（是那种冷冷的幽默）。

看他们随便聊天，非常逗趣。不过贝茜来找祖伊的主要原因，是想让祖伊去和弗兰妮谈谈。弗兰妮不吃不喝，直发呆，贝茜不知道该怎么办。

很显然，弗兰妮的精神危机被她从餐厅带回了家里。这篇小说，正是《弗兰妮》的续篇，我们将在下面继续探究弗兰妮的精神危机。（虽然我就这么带过了这段对话，但其实我最喜欢的就是这一部分，它充满了生活细节和那种家人之间的温柔和爱。）

第二段对话，发生在祖伊和弗兰妮之间。他们终于要试图开始解决弗兰妮的精神危机了。

那么，弗兰妮的精神危机到底是什么呢？

我们需要一点耐心。

祖伊先是反省了自己："我总是在评判每一个我认

读塞林格　　145

识的长了溃疡的、可怜的混蛋……那些跟我一起工作的人，我总是打击他们的士气，我自己实在看不下去了。"

弗兰妮也说："我知道自己有多讨厌，我知道我让别人沮丧，甚至是在伤害他们的感情——但是我就是停不下来！我就是没法停止挑剔。"

"问题在我们"，祖伊说，"我们有《智慧之童》情结。我们从来没有真正走出电波。一个都没有。我们从不说话，我们只发言。我们从不交谈，我们只阐述。我只要一跟谁在哪里坐下来，要么变成一个该死的预言家，要么变成一个'讨厌鬼之王'。"

就像弗兰妮说的："我不是说让我们烦躁的东西完全一模一样，但的确是同一类东西。"

那到底是什么东西呢？

大抵就是人类的愚蠢。他们受不了愚蠢。弗兰妮说："我觉得但凡我偶尔——偶尔就够了——能得到一丁点礼貌的敷衍的暗示，暗示我知识应该引向智慧，如果不这样，那么知识就是浪费时间，叫人恶心！但凡如此，我也不至于这么消沉了。但是从来没有过！"

即使在大学里，她遇到的也是一堆蠢人。弗兰妮厌恶那些人，他们只知道堆积财宝——钱、财产、文化、知识等等等等。但是祖伊指出："一个贪婪于物质的人，跟一个贪婪于精神财富的人没什么区别。"

弗兰妮则反驳："我想要的是启迪、或者心灵的宁静，而不是钱、名利或者其他这类东西。"

争执告一段落。祖伊看到窗外一户人家的温馨一幕,说道:"这世界上还是有美妙的东西。我们都是白痴,才会这样钻牛角尖。我们总是忘不了我们那点叫人作呕的、微不足道的自我。"

祖伊开始指向核心:"你到底为什么会精神崩溃?"

"你在大学校园里转了一圈,然后环顾了一下这个世界,还有政治,还有夏季轮演的剧目,再听一群笨蛋大学生扯了一通,然后你就得出一个结论,一切都是关于自我、自我、自我,作为一个女孩,唯一的明智之举就是躺下来,剃光脑袋,然后念耶稣祷告词,然后祈求上帝给你一点神秘经验,让你心神愉悦。"

"我希望你能说服我你不是在用祷告作借口,逃避你人生的该死的责任,或者干脆就是逃避日常的责任。"

祖伊指出了弗兰妮祷告的虚弱。他认为弗兰妮并不像故事里的朝圣者那么绝望,她只是感到厌烦,想要的只是自己的宁静,其实并不理解耶稣的祷告词。

"如果你不理解耶稣,你也不可能理解耶稣祷告词的真正意义。你念的就只是空话而已……耶稣祷告词只有一个目的,就是让念耶稣祷告词的人拥有'耶稣意识'。"

弗兰妮哭得一塌糊涂。祖伊退场。

第三部分,祖伊本来要出门,却跑到西摩和巴蒂的房间里转了一圈,最后装作巴蒂,给弗兰妮打了一个电话。

他们将继续就弗兰妮的精神危机,进行讨论。如果你看过《麦田里的守望者》，一定会发现，弗兰妮、祖伊的身上，有很多霍尔顿的影子，但是他们比霍尔顿有更多自省。

在《麦田》的最后，霍尔顿看着旋转木马上的妹妹，留了下来。原因是什么，作者语焉不详。但是，在这最后的几篇小说里，塞林格充分展开了自己的内部世界。

弗兰妮和祖伊的讨论，仿佛也是塞林格自己的思考路径：如果人类都这么愚蠢、世界一片乌七八糟，一个不愿意被污染的人该如何自处呢？

塞林格的答案，或者祖伊的答案，是发现爱，珍视爱。这爱，有两个层面。第一是亲密之爱，或者说家人之爱。霍尔顿和妹妹、弟弟之间，以及格拉斯一家，父母、兄弟姐妹之间，都充满了爱。它们或许日常，却意义珍贵。

所以祖伊在电话里对弗兰妮说："即便你真的走出去，踏遍整个世界寻找一个导师——精神领袖，圣人——请他告诉你该如何正确地念你的耶稣祷告词，即便如此，又有什么用呢？一碗神圣的鸡汤端在你的鼻子底下你都不知道，即使见到了一个圣人，你他妈又怎么能认得出他呢？"神圣的鸡汤指的是小说中，贝茜为弗兰妮煮的鸡汤，但是弗兰妮没有喝。

第二个层面，则是一种更大的爱，对那些人性中美好东西的爱，对人类无差别的爱。

弗兰妮也喜欢演戏，但是受不了台下"该死的傻笑"。

祖伊回忆起小时候去录《智慧之童》节目，出门前西摩让他擦皮鞋，他不愿，因为"录音棚里的观众都是白痴，主持人是白痴，赞助商是白痴，我他妈的才不要为他们擦皮鞋呢"。

对此，西摩说，为了那个"胖女士"，擦擦皮鞋吧。西摩没有说那个胖女士是谁。但是祖伊心中有了画面，那就是一个最普通的人。"一整天都坐在门口，拍着苍蝇，从早到晚收音机开得震天响。"西摩也对弗兰妮讲过"胖女士"。

于是，又是一个顿悟时刻。

祖伊接着说，"我不在乎一个演员在哪里表演，下面是你能想象的最时髦、最脑满肥肠、晒得很黑的一群观众……但他们中没有一个不是西摩的'胖女士'"。

胖女士是谁呢？

她并不真的存在于节目现场，而存在于心里。她是最普通的人。想着胖女士，便是想着自己的良心。想着人人皆有神圣的美。

就像祖伊更进一步指出的，"难道你不知道那个胖女士是谁吗？那是基督他本人"。

小说的最后，是这么写的："她（弗兰妮）清理掉床上的烟灰缸、香烟、烟盒，然后拉开床罩，脱掉拖鞋，钻进了被子。她静静地躺着，对着天花板微笑，几分钟后便沉沉睡去，一个梦都没有做。"

她终于找到了答案。

在这篇小说的开头,巴蒂拉拉杂杂讲了很多话。有一句话,很容易被忽略,却是小说的主题:"要我说,我手头的故事根本不是一个神秘主义的故事,也不是一个晦涩的宗教题材的故事。要我说,它是一个复合型的,抑或是多面性的爱的故事,纯洁而复杂的爱的故事。"

以上,我们穿越了非常多芜杂的对话和细节,试图理出一条还算清晰的线索。我不知道自己是否做到了,但可以肯定的是,它完全不代表阅读小说的感受,因为它几乎没有涉及小说叙事上的自如和流动。

我只是试图从塞林格的语言之网中,逃出来,但马上,我们又要钻入下一张网(我不知道你是否还有兴趣,我反正更加来劲了)。

五

《抬高房梁,木匠们》写于《祖伊》之前,是塞林格第一次全面介绍格拉斯一家的情况。同样的,这篇小说仍然主要以对话构成。

小说写的是1942年,巴蒂去参加西摩的婚礼,但西摩临阵脱逃,巴蒂非但没见到西摩,还和女方的伴娘、伴娘的丈夫、女方的亲戚希尔斯本太太、新娘父亲的大伯（一个聋耳老头）一起坐上了一辆遣散宾客的汽车。

新郎逃婚，新娘的亲戚们在汽车里不停地数落新郎——西摩，并八卦起他的精神分裂，他的神童过往。之后，他们遇到了游行，车子开不动了。由巴蒂建议，一群人转移到巴蒂和西摩的出租屋里去，那里有电话，可以和新娘的父母联系。

在这里，巴蒂找到了西摩在这一年里写下的日记，并看了其中一部分。最后，电话打通，伴娘获得消息：新娘找到了新郎，他们私奔了。婚礼继续进行。一众亲戚出门。故事完。

毫无疑问，这篇小说，可能是塞林格"泥石流"对话法使用得最融洽的一次，而且还时时透出一点冷幽默，让人莞尔。

关于对话如何精彩，我就不多说了。因为这篇小说仍然充满谜题，我们先关注一下它们。

第一个谜题：西摩为什么要逃婚？

第二个谜题：小时候，西摩为什么要朝夏洛蒂丢石头（夏洛蒂因此缝了针）？

当然还有第三个：西摩为什么要自杀？（从《九故事》一直遗留到如今）

关于第一个问题，西摩为什么要逃婚，答案可能在他的日记里。他在日记中记录了和穆丽尔恋爱的种种。他写到穆丽尔崇尚物质，虚荣，世俗，但她同时为人纯真。

西摩更看重她的纯真。

她还写到穆丽尔的妈妈："她这个人，终其一生，也丝毫无法理解或体味贯穿在事物、所有事物中的那股诗意的主流。它可能还是死去得好，然而她继续活着，去熟食铺，看她的精神分析师，每晚看掉一本小说，穿上她的紧身褡，谋划穆丽尔的健康和飞黄腾达。我爱她。我发现她勇敢的难以想象。"

最后，他说："我怀疑人们在密谋策划让我幸福。"

"幸福"在这里是个关键词，因为在前文的汽车谈话中，伴娘透露，西摩曾在结婚前一天一直对穆丽尔说，他感觉自己太幸福了，因而他必须推迟婚礼，等他的幸福感不再那么强烈了再说，否则他就没法出席婚礼。

"幸福"是一个很迷惑人的词汇，大体上，没有人不愿意幸福。但是，在西摩这里，幸福可能并不能代表人生的完满。这里的幸福可能要打上引号，指向的是那种庸俗的，日常的，鸡毛蒜皮的，毫无诗意的生活。

如果西摩这个人物性格是连贯的，那么在《祖伊》中西摩的教诲，必然也可以引入这里。西摩和穆丽尔的结婚，其实是一次自我纠正的尝试。所有格拉斯家的孩子都聪明、早慧，看不上大部分人类的愚蠢。但是，西摩同时又知道，世界最美的东西，正包含在世俗生活之中，所以她会夸穆丽尔的母亲勇敢。

他一直试图取消自己的分别心，无差别地看待所有人，甚至，爱所有人。他的结婚，并不在男女感情（至少不侧重于此），倒更像是在实践自己的思想。

但是，很遗憾，七年后，他还是自杀了。

他的自杀是因为他的天性与庸俗生活不合吗？还是他无法融合思想与现实？

巴蒂和西摩，在很多方面都很相像。巴蒂选择了另一条路，他没有去实践人间大爱，没有去做"耶稣"，而是退到山野，就像霍尔顿最初的愿望一样，和这个世界保持距离——当然，也和塞林格一样。

巴蒂一直说，西摩是诗人，在《西摩：小传》中，他甚至是圣人。他实践了自己的道，但终于没有成功。

在《抬高房梁，木匠们》这篇小说的开始，巴蒂先转述了一个西摩讲过的关于伯乐相马的故事，并暗示，这个故事和后面的内容有密切关系。

这个伯乐相马的故事，讲的是伯乐相马不看外表，而一眼看中本质："既着眼于内在本质，外在特征则可视而不见。"

在小说中，西摩是伯乐，他可以看见人的本质，瞧见穆丽尔的纯真，穆丽尔妈妈的勇敢。但是，在这篇西摩并没有真正出场的小说里，却没有人真正看懂他。伴娘，新娘，新娘的母亲，所有人都只看到他的精神分裂，

读塞林格

他的种种不合寻常。这便是西摩的最大矛盾，他以最大的善意去爱世人，却得不到世人的反馈。

这或许是他自杀的理由。

对了，写到这里，还有一个谜题：小时候，西摩为什么要朝夏洛蒂丢石头（夏洛蒂因此缝了针）？

不知道。巴蒂不知道，我也不知道。那个时候，西摩十二岁。也许他只是不小心？也许他是因为喜欢，而不知道怎么表达？也许，他是为了报复夏洛蒂总是踩他的脚？

这个谜，我们不会知道了（也许你可以找到答案）。

六

好了，终于，我们来到了最后一篇小说《西摩：小传》。

在前面我已经提到，和其他几篇相比，这篇很不一样。首先，它不再由对话构成，整篇内容冗长、散漫。一句话概括内容，便是巴蒂"以半日记的形式描写自己死去的兄弟"。其次，小说彻头彻尾地采用了元叙事手法，巴蒂一直在和读者对话，时刻分享他的创作念头、困难和遇到的事情（这些和西摩不一定相关）。

在没有西摩存在的小说中（比如《抬高房梁，木匠们》），塞林格写的是西摩。在这篇名为《西摩：小传》的小说中，我们却无法得到完整的关于西摩的叙事。

这篇小说真正的主题，在我看来，其实是——创作。或者换句话说，这篇小说真正的主角是巴蒂，而巴蒂几乎就是塞林格的代言人。

这篇小说试图去描述西摩，为西摩作传，但小说呈现的不是西摩，而是"为西摩作传"的这一过程。也就是说，他写的是创作本身。他写了创作遇到的各种问题，以及创作的根本不可能。

在这篇小说中，塞林格不仅总结了自己的创作观念，和读者的关系，还下场对那些招惹他的"烦人精"进行了吐槽："哦，让他们来吧——乳臭未干的、热情似火的、学院派的、打探派的、高的矮的还有无所不知的人们！让他们一车一车地来吧，让他们张开降落伞，挂着徕卡相机来吧。"

他讽刺那些不着边际的评论家，和热爱八卦的读者：

"如果艺术家有什么'不妥'之处，这大千世界的很多人，无论年龄大小、文化异同、天资高低，都会感到一种特别的鼓舞，有时甚至是冲动：严重的性格缺陷，不良公民记录……婚外恋，全聋，全盲，某种可怕的饥渴……偏好大规模的通奸或乱伦行为，证实或尚未证实的鸦片瘾或鸡奸瘾，等等等等。"

回到写作，他又郑重写下："写作什么时候成了你的职业了？写作一直都是你的宗教。"

当然，他一直在写西摩。西摩是完美的艺术家："他死于良心的强光，他拥有神圣的人类的良心，这一良心的形状和颜色足以让人失明。"

西摩几乎是一个圣人,但是他却死去了。这或许,是塞林格最大的忧伤。当然,也是人类的忧伤。

◎ 小说 ◎ 人与书 ◎ 十九世纪的

华文创作

◎ 一场误入歧途

读塞林格 ◎ 阅读与写作 ◎ 惊喜

梦中雨林
——《雨》

一

书店里你拿起《雨》。很轻，封面有一种阴惨惨的神秘感。你决定把它带回家。你在下午三点开始读它。春天的阳光非常舒适，那只猫卧在你对面的沙发上，闭眼，偶尔舔一舔前爪。

黄锦树。你从来没有听过黄锦树这个人。看书脊，你知道他是马来西亚人，但是不知道他其实定居在台湾，除了是个小说家，也在大学教课，写出了很多轰动一时的论文。

这些都不重要。

你略过了朱天文的序和那首名为《雨天》的诗，直接撞进第一篇《仿佛穿过林子便是海》。切割地太厉害，你几乎无法拼出线索。幸好你进入《归来》，终于放心，然后惊异、着迷，像小时候在外婆身边听她讲那些遥远的故事，关于有鬼的森林，猩猩和老人。

惊喜华文创作

南方，这是你的出生地。所以你感受不了大漠和牧场，虽然你读刘亮程和李娟，你甚至无法理解白杨和秋天，更不用说北方以北，南方以南。你这几年才见到红毛丹，一种奇怪的水果，至今没有吃过，也不知道怎样吃。你哪里见过雨林呢？

你知道你落入了一个陌生世界，这里炎热、潮湿，大量的雨像瀑布那样倒下来，雷声爆炸，林间有蘑菇生长，有獏，有穿山甲，有石虎，果子狸，还有飘荡的鬼火，和不为人知的巫医。

你无法想象具体的画面，但皮肤似已经被雨水沾湿。

你读《老虎，老虎》，副标题是：《雨》作品一号。

第一句：男孩辛五岁，已经见过大海。

这第一句确定无疑，悠远如神谕，好像是很久很久以前的故事。

一家四口人，父亲、母亲、你和妹妹，还有三只狗。你们住在与镇子颇有一段距离的胶林里，父母割胶讨生活，他们早年从大陆流转南下。你带着妹妹，还未上学。

然后下雨。没日没夜地下雨。家人缩在房子里，房子摇摇欲坠。雨不停。生活被水包围。水漫进房间，猪也往房间挤。就在这时，你看见了老虎。一只大老虎，两只小老虎。

噢，那时你还不知生命的残酷。

你从这篇小说里抽身,去喝了口热水。虽然阳光还在,但感到一些凉意。

二

琐事烦扰,你深夜才再次翻开它。

这次你躺在床上,只留下一盏台灯,你投入故事。那只猫在黑暗中睡着了。

标为《雨》作品系列的共有八篇。你一口气读完它们。越读越清醒,看手机,屏幕上显示四点。

你忽然察觉自己没见过橡胶树,于是打开电脑搜索。这种树总是伤痕累累,人们需要它的汁液,于是一刀一刀割开树皮,白色汁液流出来。流干了,就再割一刀,一刀,又一刀。

胶林以前是雨林。英国人砍了它们,种上胶,雇人干活,建起一个一个园子。你想起哥伦比亚的马尔克斯,他的马孔多,还有美国人的香蕉园。

后来,胶园又换成了油棕。这些都是书里的辛一家控制不了的事,就像他们控制不了大雨、老虎、日本人和马共,控制不了生存的艰难。他们就像那些胶树,被切割,被丢弃。

黄锦树的八篇《雨》像是掉进了什么时空混乱的机器里。总是父母,辛和妹妹,总是有三只狗,总是割胶的家庭。但每一篇,又都不一样。

《作品一号》，辛看见了老虎，还未见生命残酷。

《二号》大雨倾盆，父亲死了（或走了），鱼形舟高高挂在树梢。

《三号》辛死了。掉到水井里。

《四号》妹妹被老虎吃掉，就在家里。与此同时，还并置了日本人侵略的残暴。

《五号》外公说，一切都是你的梦。

《六号》母亲、两个孩子都死了。孩子栽倒到锅里，煮得稀烂。母亲痛苦而死。

《七号》半夜，父母不见了，被马共抓走了。

《八号》父亲死了，被树压死。

为什么好像是重复的故事，却又总是不同？为什么在这不同之中，几乎每一篇都有一个或更多角色死去？

你不愿意用某个公式把小说解出答案，你在这近乎平行时空的不同故事里，感到了一种很深很深的哀伤。

生活是没有根基的，天地不仁，人如蝼蚁。在每一个时空里，都没有好结果。

这里当然有马来华人的生存境遇：遭遗弃，荒掷的人生；边缘人和局外人的无力。

三

那晚你做了个梦。

梦见自己在山间砍毛竹,和姐姐一起上山下山。你掉进大河,在水里沉浮了一里多路,终于被救起。

每个人都有自己的史前史,每个家庭都有秘密。

四

睡到中午才醒。那只猫盯着你看,要求加粮。

洗脸刷牙,吃了点东西。你想起《雨》,去枕边寻找,却什么也没有找到。只有一副眼镜和一本诗集。

你开始怀疑,你是否真的读过那本书。还是,你其实做了一场又一场的梦?

人与人之间的空隙
——《度外》

骆以军说:"国峻是未来的小说家!"

我不知道未来的小说家应该是怎样的,但黄国峻的小说确实很不一样。1997 年,他的处女作《留白》获得了第十一届联合文学新人奖,从此走上写作道路。当时,他二十六岁。

《度外》是他的第一本短篇小说集,收录了他二十六岁至二十八岁之间完成的作品。此后几年,他写得很勤奋,小说不断在杂志上发表,新的小说集和随笔集也陆续出版。

2003 年,黄国峻开始着手写作首部长篇小说《水门的洞口》,但只写到五万字便没有再写下去。当年六月二十日,黄国峻于家中自缢身亡。这时候,他才三十二岁。

对于小说家最大的尊重,就是关注他的作品。所以,让我们回到《度外》。就像我刚才说的,这是一本很不一样的小说。首先,他的语言就很特别,既不是绕口的翻译腔,也不是醇厚的古典中文。黄国峻几乎抽掉了所有形容词,使句子变得陡峭,坚硬。初读之下,没有那么容易进入，但他确实营造出了一种疏离的语感，这种语感与他的小说主题完美契合（这个后面会谈到）。

比如全书第一篇《留白》的开头是这样写的：

"树荫不见了，不止树荫，连一整个早上斜倾在屋子旁的一大片阴影也不见了。矮篱外，小径的路面，以及两侧所长满的丛丛枝叶，都被悄悄地撕去了一层发亮的薄膜。就是这么一回事，阳光撤隐了。"

除了语言本身的质感，从上面这段话中，你还可以发现黄国峻小说的一大特色：细密的观察视角。

如果往下读，你会发现这一段观察来自于女主人公玛迦，但不止玛迦，在这本小说集中的大部分篇章中，对环境的静观，随处可见。是的，静观。黄国峻的小说不重情节，也不重传统意义上的人物刻画，真正的重点，便是这静观。

于是，就像骆以军所说的，读黄国峻的小说，感觉"眼球被一种奇特的太空舱漂浮感向四面八方离散"。你好像进入了异空间，游走在所有人物的背面，听到他们的喃喃自语，听到他们漂浮在空中的思绪。

于是，阅读黄国峻，你需要慢下来。不只是眼睛慢下来，就连心也要慢下来。一旦你进入了这种节奏，便进入了一种庄严的静谧之中。

除了静观，黄国峻的叙述视角还有一大特点：它是跟随且自由切换的视角。

《度外》中的小说，大多是第三人称叙事。一般来说，第三人称可以用作上帝视角，大开大合。但是黄国峻的第三人称，却一直围绕在人物周围（黄国峻小说里的人物一般不会做太大的行动），像一台摄像机，跟着女主角走出房门，看见男主角后，又跟随男主角去了阳台。

这个叙述视角就这么暧昧地穿梭于叙事空间之内，不远不近，保持距离，同时又听得到他们的细语，观察得到他们细微的动作，甚至思绪的流动。

于是，阅读的你，便成了一个在场的透明人。

下面，我们来看看黄国峻小说的主旨。要试图弄清这一点，有必要简单介绍几篇小说的梗概，让大家有个更具体的了解。

《留白》是第一篇，也是黄国峻的处女作。这是一个中产阶级的故事，丈夫雅各是画家，妻子玛珈是全职太太。儿子去上寄宿学校了，一时间，家里没了重点。

小说写的是一场聚餐，因为生活没有了重点，他们在郊外举办了一场聚会，嘉宾是丈夫的学生们，以及玛迦的妹妹。

整篇小说几乎没有冲突，没有戏剧性，只有绵延在每个人物周围的思绪。

最主要的，是玛迦的：

"挥之不去的空洞，把玛珈稀释的透明"。

"日子栖在她身上，没有动静……除了毯子之外，一片空白。"

"她将要一生葬于这座墓中。"

不知道为什么，黄国峻对于家庭内部之间的疏离，亲人之间的缝隙特别感兴趣。

《留白》写的是玛迦作为家庭主妇的空白，《失措》写的是一个更疏离的家庭关系：

一场台风过境，爸爸去钓鱼，妈妈在打扫，女儿躲起来，儿子去骑车。每个人都在自己的场景中活动。直到最后，大家坐在一起吃晚饭，但即使他们坐在一起，你也只感到破碎，很难察觉到温馨和爱。

《归宁》写的是一个女人怀孕回娘家度过的几天。细碎，内敛，几乎没有发生什么。小说展现的母女关系、夫妻关系都像是进入了一种模式——停滞、缓慢，甚至僵硬。

黄国峻抓住了生活中很多转瞬即逝的黑洞。它们忽地出现，可能要把我们吸进去，但随即又消失了。

他一再写的，便是这家庭内部的空洞，以及人与人之间的空隙。这不是宏大的主题，却是现代人生的一种真相。

路它自己没有了
——《王考》

1984年的夏天,有一位蔡先生,驾驶一架单引擎小飞机,横跨太平洋,在台北着陆,破了世界纪录。还有一位嘉义的邱先生,在千万名围观者面前,杀死了一只老虎。

另外,那年夏天台湾还发生了两起矿难,总共有一百七十七位矿工因此罹难。其中有一位,是童伟格的父亲。那一年,童伟格只有七岁。

以上,是童伟格在和骆以军谈话时,所作的回忆。在各种各样的新闻中,有一件事看起来和平常的新闻一样,却带走了他的父亲。

父亲的骤然离世,在童伟格的生命中,是一个巨大的伤口。《王考》这本小说集中,父亲永远在场,这不禁让人想到布鲁诺·舒尔茨。

不同的是,在舒尔茨的世界里,有一种对"天才时代"的赞美和挽留,对"如此衰败,如此堕落"的世界的对抗,但在童伟格的这本书里,他更多地,是在描摹一种无法停止的力量所带来的衰颓。他会和那个业已逝去的世界对话，但同时知道，一切都已经改变了。

于是，这本书里的小说，悲观而哀伤，如同琥珀。

我至今记得小时候读到语文书里关于琥珀的描写时，所受到的震动。一只蜜蜂，一只蚂蚁，它们在叶片上休息，或者正在行走，突然之间，一片油脂包裹了它们。此后，它们便永永远远的被困在了那里，栩栩如生，却早已死了。

在童伟格的小说里，我常常感到那巨大的油脂，它从天而降，带走了一个人，带走了一个村庄，带走了一种生活。

童伟格写的，是油脂降临后的世界。

我们可以具体地，将这滴油脂看作那场带走父亲的矿难，也可以将它看作是一往无前的"现代化""城市化"，甚至，便只是这样一股兀自向前的力量。

童伟格关心的，永远不是那力量前方的风景，而是力量过后的痕迹，是灰扑扑的，不重要的，犹如被时间漏掉了的人与生活。

在这九篇小说中，有两篇直写父亲。

在《离》中，童伟格写了一场婚礼，人物众多，交谈密切。但在这些对话中，你可以明显感到作者的抽离，甚至没有耐心。

终于在最后一段，在奶奶、爷爷、婶婶、妈妈、伯父、姐姐全部走向人群之后，"我"想起了不在场的父亲：

"但我真是什么都记不清了……我仅存的印象，只剩下童年时每天早上。我躺在通铺时所听到，机车发动的声音。"

这句话，似乎又可以将我们带入另一篇小说《假日》，因为那篇小说是这样开头的：十一岁那年暑假的某个星期天，外公教我骑机车。

我非常喜欢这篇小说，它特别用情，又很克制。

在这篇小说里，作者不仅直接处理了父亲的离去所带来的阴影，也同时处理了一整个时代的离去扫下的痕迹。

在开头第一句话之后，童伟格并没有接着去叙述那个星期天发生了什么，而是笔锋一转，开始概括一个像他一样的男孩的一生：他们勉勉强强混完初中，开始到镇上工厂上班，在十八岁的时候，和工厂里的女同事结婚，然后入伍，然后生下小孩，然后，"他感觉自己的人生仿佛也重新开始了，但他知道，往后不会再有什么不一样的事情发生"。

这段简要的叙述，几乎完美切中了我父亲、我舅舅，甚至我少时同学的生活。即使在遥远的内陆省份，那一往无前的力量也发挥着作用。只是，在这段叙述里，童伟格没有讲完，后来，这些男孩将不得不去到远方的城市，在不属于自己的世界里，勉力挣一份薪水。当然，事情也不会有什么不一样。

回到《假日》。在叙述完这么一段看起来毫不相干的未来人生之后，童伟格回到那个星期天，讲述了外公教"我"骑机车的经过。

在这里，机车如此重要，那些男孩如果要去镇上上班，需要骑机车。父亲去矿上工作，也需要同事用机车接送。学会骑机车，似乎便长大成人。

但，有一些东西，永远不可能了。

童伟格动情地写：

"我想告诉他，我今天终于学会骑车了，我可以来载你，你会向我道歉，你每天总感到些什么可以向人道歉，然而无妨，我会拍你的肩膀，我明天还来载你。"

写到这里，小说近乎尾声。叙述完成了它要完成的使命，终于撞上了琥珀的墙壁。我记得一部电影，主人公骑车一直往远方开，到最后，他发现路没有了，他是虚拟世界的人。

小说的最后，主人公也对外公说，"路它自己没有了"。

时间在这里断裂了。

这种断裂，几乎存在于每一篇小说中。翻开这本书的第一篇《王考》，也是这样一种断裂。

在这篇小说里，祖父在等一辆再也不来的公车。他已经太老了，记忆衰退，神志不清。

和祖父的衰老一样，这片充满传奇的山村，也被遗忘了。

"山村里的小孩都长大成人，离开山村了，他们婴儿时代的衣物，还挂在檐下干不了。"

"长久失业的村人，日复一日聚在里面喝酒、赌博、争是非、闹选举，一年中总有几回……他们只是喜欢一起挤在棚子里，像几团浸在水里的棉花。唯一不同的是，这些潮湿的棉花人，从我的父执长者，逐渐变成了我的同辈友伴。"

山村如同一个遗落之境。

《招魂》则是一个更加鬼魅的遗落之境。

这一天，"不只到处一个人也没有，大马路上，一辆车也没有经过，丝瓜棚下，一朵黄花也没开放"。

叙事者吴伟奇——一个六年级的小学生，带着老师李国忠，"游览"了一遍山村。在路上，他们遇见一个个人，阿喜露、阿全、何志勋的爸爸、武雄伯、树根伯……

他们是真实的人吗？还是鬼魂？

不必问这许多，他们的生活都不大顺利，阿全的父亲毒死了全家人，武雄伯领着贫民补助，被女人骗去了钱，还有刘宜静，刘宜静被溪水淹死了。

但是不要紧，在吴伟奇的日记里，他可以将他们全部复活，包括他被拔掉氧气管而死去的奶奶，一切都回好如初。

吴伟奇似乎正是童伟格的化身。在《我》这篇小说中，童伟格写道：

"我希望，我也能有一次机会，能看见在这个只会愈来愈老、愈来愈接近终点的时间里，有一个人，像是倒转时间一样，恢复了过来。"

实际上，这本书里的每一个字，都在做这件事情。

每个人心里都有一口井
——《房思琪的初恋乐园》

一

在台东开往花莲的火车上，我看完了《房思琪的初恋乐园》。火车哐哐当当一路北上，我一头扎进书里，痛苦、愉悦、悲愤、不解，如骆以军所说，这真是一本懂得"缓慢的，充满翳影的光焰，骇丽的疯狂"的小说。

然而，这不是一本很好谈论的书。

和很多人一样，我最开始知道这本书，是因为林奕含自杀的新闻。媒体报道将"女作家""自杀""性侵"几个词语不断组合排列，引发了一阵舆论风暴。我一直很疑心这样的风暴。我知道在这个事件中，有很多人真心为林奕含可惜，我也知道，有很多人只不过是把她当作一个可消费的事件，像前前后后所有的热点一样。

文学在这个时代真的好卑微。唯有作家的死亡，才能偶尔唤起一点关注。而新闻有新闻的道德和目的，《房思琪的初恋乐园》在新闻中只是一则道具，一则证明林奕含才华，让人感到可惜的道具。但是，林奕含最多，最深的情感和思考，都在这本书里，它是一部作品，原非道具。

唯有把它还原为一本小说，把它从新闻热点中抢回来，我们方可以阅读并谈论它。

二

"刘怡婷知道当小孩最大的好处，就是没有人会认真看待她的话。她大可吹牛、食言、甚至说谎。"

以上是《房思琪的初恋乐园》的第一句话。这句话太张爱玲了，一个敏感的、冷静的、甚至有些高傲的小女孩被勾勒出来，一个"张爱玲式"的内部世界也悄然就位。在这样的世界里，人与人之间最微小的内心活动也会被捕捉到，这个世界潜伏在现实世界的下面，唯有等待作者用词语召唤，才会显现出来。

这样的世界，幽暗、深邃、不见底。林奕含从一开始，就着力搭建起一个这样的世界，以对应现实世界里热热闹闹邻里和睦的那栋豪华公寓。

简单地说，每个人心里都有一口井，在林奕含的书写里，我们能从人物的眼睛直接看进去，看到他的井。然而，看到，不一定能看透。

这本书里最深的那口井，是李国华。他巧言令色，诱骗、强暴了多少少女，他控制她们，摆弄她们，欣赏她们。他的内心到底如何？

三

李国华与《洛丽塔》中的亨伯特有相似之处，这两位都是诱奸少女的老男人，并且善于言辞。只不过，在《洛丽塔》中，叙述者正是亨伯特，任何事情都必须由他来讲述，我们不知道半点洛丽塔的内心活动，一不小心，可能就会被亨伯特的话语迷惑。

而在《房思琪的初恋乐园》中，作者采用的是第三人称视角，我们站得很坚定，人渣就是人渣，没有一点犹疑。为什么我们这回如此清楚明白，而在读《洛丽塔》时就有点蒙圈呢？

关键，还在语言。

语言是《房思琪的初恋乐园》中最重要的元素之一。

骆以军说"缓慢"，正是语言的曲折。在这本小说里，林奕含用细密的语言捕捉到了许多喑哑时刻，她没有滥情，甚至非常克制。但语言，在这本书里亦是被审视的对象。李国华，这位国文补习老师，装着满腹华美的语言，却用它诱骗小女孩。美并不一定引出善吗？

下面是一段李国华与房思琪的对话：

他说："我只是想找个有灵性的女生说说话。"

她的鼻孔笑了："自欺欺人。"

他又说："或许想写文章的孩子都该来场畸恋。"

她又笑了："借口。"

他说："当然要借口，不借口，你和我这些，就活不下去了不是吗？"

反应快，接得又好，李国华总是有借口。他善于说情话。他说："我在爱情是怀才不遇"。他对晓奇说："都是你的错，你太美了。"

语言本身没有道德，只有美丑。而如果一个人只追求美，而放弃了道德善恶，美则美矣，亦入妖道。

林奕含说，李国华这个人物的原型是胡兰成。话说到这分上，显然，这本书除了讨论少女被诱奸的处境外，还有另一层企图，即林奕含在采访中所问的：艺术是否可以含有巧言令色的成分？会不会，艺术从来就是一个巧言令色而已？

艺术能够教给我们真善美吗？林奕含写这本小说，也在力求达到一种艺术上的美，她清楚知道自己不是在写新闻，而是在写小说。那她写的这些是不是也只是巧言令色呢？这是林奕含的困惑。我没有办法回答林奕含的困惑。但我想，真善美三个字，真和善排在前面，不是没有道理的。如果缺少前面两个字，再美都可能是虚空，是个零蛋。

初老后，是否还有爱情？
——《初夏荷花时期的爱情》

前日在厦门逛旧书店，发现一本朱天心的《初夏荷花时期的爱情》。薄薄一本，是八年前的书了。人和书最好的状态，当是相遇。没有目的，不设计划，只是这个时间，这个地点，碰到了。然后就一径读下去。

那晚，酒店灯下，我读完这本小书。忽然想到八年前，我还在学校，如果那时就读了这本书，会有什么感受？会像张大春说的那样"吓得一身冷汗"，"认为这是我看过最恐怖的一部小说"吗？

我不知道。

前段时间整理旧电脑和笔记本，翻出七八年前的日记，读了一遍，惊诧那些日记的主人是我。好多事都忘掉了。也庆幸还保留了这一点点文字记录。

时间是人生最大的谜团。我们总是活着活着就变成另一个人。这里面的残酷和悲凉，正是朱天心在《初夏荷花时期的爱情》里所要探讨的事情。

《初夏》是一本中年之书。关于爱情，也关于人生的真相。这里说的中年，不是三十岁、四十岁，而是五十岁，甚至更老一点。

老男人、老女人，生命开始衰颓，皱纹增多，身体气味变得难闻，体力下降，性欲下降，生命的可能性慢慢封闭，一条下坡路就在眼前的此时此刻，还有爱情吗？

朱天心试图回答这个问题。

《初夏》作为小说，很轻，没有传统的人物、情节，或者说，这一面很淡。全书贯穿第二人称，迫使你不得不转换为内省视角，即使你青春年少，也忽然感到中年人的心境。

最吃重的是前两篇：《日记》和《偷情》。这是两种重新点燃情爱的方式。

在《日记》中，你发现三十年前丈夫的日记，那时他还是个少年，在日记里写下许多真诚、热烈的话语，爱你，祝福你，想你，等等等等，读那本日记，你仿佛重新恋爱了一般，受到少年滚烫灵魂的炙烤，面颊绯红。然而，转身看见现实中的丈夫，瘫在沙发上看无聊的电视节目，再也不会为你读诗，不会正眼看你。

他们是同一个人吗？那个少年被谁杀死了？什么时候被眼下的丈夫替换？你好奇这个问题。但是转念一想，你是不是也被替换了呢？你还是那个曾经唤起少年欲望和爱情的女孩吗？

更进一步，"其实不只爱人、伴侣这样，朋友，朋友也是……",当然,自己也是。我们都在不知不觉中被替换了,没有人能够说出那个具体节点。只是一夜一夜地睡去,一日一日地醒来,变化就在这里面发生。

《偷情》设计了另一种唤醒情爱方式,如题,就是偷情。偷情的对象是早年的男友,三十年不曾联系,突然相遇,重燃火花,抛家弃子,不管不顾地沉醉于欲望和情爱之中。

当初,为什么你们会分手?如果没有,他会变成现在丈夫那般模样吗?生活是否还另有答案?

恐怕是没有。激情消退之后,生活终将转入庸常。

那么,此刻的偷情是爱情吗?也许是的。但它永远不会像少年时那般充裕、自如,不会有美好的未来想象,不会被祝福。这里的爱情即使发生,也局促、猥琐、不堪,有一种死亡的腐烂气味。

人都年轻过,也同样都会老朽。曾经的海誓山盟,干柴烈火,都会在时间的打磨之下趋于缓和。说到底,爱情可能是一场"生殖骗局"。在爱情的眩晕中,男女双方激烈纠缠,而等到生殖完成,身体自然会放弃分泌那些激起欲望的物质,将重心放在养育后代之上。

当然,这样讲,就太没趣了。

但这没趣的,是不是才是人生的真相?

张大春说,这本小说里有"一种不可忽视的,凶猛的诚实"。它把我们逼向绝境。在这绝境里,其实爱情也是一种象征,象征生命的灿烂和可能。在"吃不动了,走不动了,做不动了"的中年,突然醒悟,"不愿相信并接受人生就这样进入石化期,一种与死亡无差的状态"。

但是,可逆吗?

不可。

所以张大春才说残酷。

硬邦邦的十七岁
——《十七岁的轻骑兵》

一

前阵子，路内出版了《十七岁的轻骑兵》，这本书与他的"追随三部曲"共享一个设定，写的都是九十年代初几个化工技校生的故事。

有人说，路小路有"追随三部曲"就够了，不必再重复。路内自己可能也意识到了这个问题，他在文章里说："反正你要是读过'追随三部曲'就能猜到，大体还是那个套路，只是变成了短篇集。也不求文学上的表彰了，写 high 的感觉蛮好。"

结束"追随三部曲"之后，路内写了《云中人》《花街往事》和《慈悲》，评价都不错，但很难再达到"追随三部曲"的高度。

我想，这几本书的写作，特别是《慈悲》，是很有一点"突围"的努力的，其目标当然可能有"文学上的表彰",这是作家的本分,但或许每个作家都有自己最念念不忘的母题,只有在这个题目上,他才写得淋漓,写得"high"。

对此,我是乐见其成的。并不是每一部都要突破,放松一下也未尝不可。另外,残酷忧伤但不矫情的青春故事,可能也只能在路内这里找到了。

二

《十七岁的轻骑兵》收录了十三篇小说,你可以说这是一个集子,但同时它又是一个整体。圈定一个地方,由同一组人物不断组合排列,衍生各式各样的故事,最终形成的文本,既比短篇小说丰富,又比长篇小说自由。

这一做法可以追溯到舍伍德·安德森的《小城畸人》,在那个沉闷的小镇上,安德森写下了许多年轻人的躁动,和一个个失落的梦。但更相似的,还是奈保尔的《米格尔街》,在那本杰出的小说里,奈保尔用一种轻快的童年视角与苦难的殖民地告别,整本书笼罩在金黄色的阳光里,温柔、轻盈、充满活力。

《十七岁的轻骑兵》与《米格尔街》一样,也是第一人称叙事,并且这个第一人称贯穿始终,牵扯出一个又一个人物,串起一个又一个故事,最终勾勒出一个时代。

《米格尔街》以童年视角书写,语言轻快,但故事的底层是殖民地的悲哀。《十七岁的轻骑兵》则是以少年口吻书写，充满了荷尔蒙和感伤味道，但正如"追随三部曲"一样，路内的青春故事并非只是荷尔蒙，只是抒情和感伤，他的故事深深扎根在那间化工技校，那些橡胶厂、糖精厂、五金厂……那是九十年代初，那是计划经济的最后时光，故事不必再往下讲，再往下讲就是下岗，是更多的无所适从和失败。

这些失败早已藏在路内这些青春故事的底层，那是时代的脉动和力量，个人无法抗衡，也无力改变。正是这一并不彰显的底层建筑，使得路内的小说摆脱了陈词滥调和过分抒情。

那些阳光灿烂的日子，其实是一场落日的余晖。

三

当然，除此之外，青春本身是超越时代的。青春就是青春。那是一种很难捉摸的味道。

十七岁是被一切赦免的年纪。

在这本小说里，路小路和大飞、花裤子、飞机头，精力旺盛但无所事事。他们没有进入高中－大学的序列，在时间的岔道里拐进了化工技校，处在一个无人看管的自由（荒废）状态，挥发各自的荷尔蒙。

书中有很多故事，关于那些女孩，闷闷、丹丹、明明……在所有这些故事里,爱情并未修成正果,虽然荷尔蒙旺盛,但爱情并非小说真正在意的东西,那种似是而非,什么都在发生,又什么都没有发生的状态,才是十七岁的感觉。

惆怅、无明,一切将要开始,但无人知道,要从哪里开始。那是模糊地带,因其模糊,而生机勃勃。

如果对比前面的十二篇和最后的《终局》,你会发现,即使是作者本人,也只能如此。当故事的时间线向后推移,当路小路长成二十多岁,那些无所事事的美好就一去不返了,因为人生开始有了形状,四十乌鸦各自分散,太阳落下,每个人都开始自己的远征,而路途注定疲惫。

怀念青春,因为我们怀念那无明的自由。或许也称不上自由,只是一切尚未发生,一切都还有可能。

空空的中年
——《我循着火光而来》

张悦然的新书《我循着火光而来》是一本让人默默点头的小说集。它不像《茧》那样漫长、纠缠。它更舒展，更开阔，也更关注当下。书中的九个故事，写的大多是人生步入中年之后的失败和疲惫。生活像一条河，终于跨越了荒漠和山谷，流到了开阔的平原地带，这里安静，舒适，但也堆积了大量的泥沙，浑浊而怠懒。

张悦然在这本小说集中捕捉的便是这种状态，一种唯独生活在城市里的人才会体会到的空洞。

《动物形状的烟火》写的是一个画家，他不再年轻，虽然曾经红过，但现在潦倒穷困。这一天，他接到往日朋友的电话，邀请他去参加新年宴会。

他去了，收获的却只有无聊和尴尬。

他不是什么了不起的人，他只是一个失败者。这篇小说写的就是失败者的一天。最后，他被两个孩子骗了，关在地下室里。

这篇小说很沉着，作者不动声色的描述那些尴尬和无聊,直到最后,叙事节奏突然加速,主人公落入苦涩的绝境。有一种钝钝的杀伤力。

《沼泽》写的是一个中年女人。丈夫去世后,她开始四处旅行。在大理,她遇到一个年轻女孩。那女孩活得很任性,像一团火一样燃烧自己。她试图靠近她,也许是想感受那种强盛的生命力。但有些东西,她永远地失去了,在年轻人狂欢的 party 上,她感到自己正坠入沼泽。

像这样的主题,很多人都写过,卡佛、村上龙、村上春树、莉迪亚·戴维斯……这个名单可以拉得很长,但是中国作家似乎慢了半拍,对于这种现代人内心深处的孤独感和疲惫感,鲜少涉猎。

一方面,可能和我们的文学传统有关;另一方面,我们的城市生活经验,本身不长,还不能长出这样的文学。

不过,这几年已经有越来越多的小说,开始处理这样的主题。王安忆的新作《红豆生南国》,写作的对象就是城市。不过,王安忆的写法还是很扎实的。扎实有扎实的好处,读起来代入感强,如临其境,可以探触的层次也更丰富。张悦然的这本集子,则很轻盈。轻盈也有轻盈的好处,它悄悄揭开生活的一角,我们悄悄地看到,不用力,就已经懂了。

这本小说集中的《家》就很轻。它写的是一对交往多年的情侣突然离开，不告而别。没有什么重大的理由，就像男人在给女人的信里所写的那样："我知道我不应该对现在的生活有什么不满。这的确是安定、殷实的生活，并且肯定会越来越好。但我不能仔细去想这个好到底是怎样的好。一旦去想，我会立刻觉得，这个好毫无意义。"他们只是厌倦了，然后离开了。然后，钟点工小菊拥有了这个房子，她在这里期待并展开了自己的新生活。

这篇小说，可以非常直白地看到中产阶级的空虚。很多人批评中产阶级的虚弱，但那些无力感是真的。它们看起来没有那么理直气壮，却也真的会逼死人。

看完整本书，我发现，在张悦然的这些小说里，还有一个不断重复的主题：想要成为另一个自我。具体的表现就是"镜像少女"的故事。

《湖》的故事发生在纽约，主角是一个女留学生。小说写的是她代替朋友璐璐接待一个访美的中国作家，但实际上，读到最后，我们会发现它写的其实是这个女生和璐璐的纠葛。她们性格相反，但互相依赖，璐璐就像是另一个自己，做着一些她不敢做的事情，她喜欢她，羡慕她，有时候也会嫉妒她。

《大乔小乔》同样如此，主人公是姐妹俩，因为计划生育，妹妹是被引产意外活下来的。她和姐姐性格迥异，走向了完全不同的生活。

《嫁衣》也很类似，同样是两个女生之间的关系，只是这一篇里,嫉妒的成分要多一点。不知道是不是女作家都喜欢这种故事,安妮宝贝的《七月与安生》,或者绿妖的《少女哪吒》,都是这种故事的变形。

总体来说,读《我循着火光而来》是很有共鸣的。但同时,也有一些虚弱之处。比如这九篇小说里,篇篇都要做爱,特别是《沼泽》一篇,安排得有点突兀。似乎要表现生命力,唯有做爱才可以体现。

活成巨大的空洞
——《北方大道》

一场阅读,如同点一支蜡烛,当时气味弥漫,点完了,黑暗重新降临。几天前在酒店里读完李静睿的《北方大道》。今晚重新打开,想要唤醒当时的感觉却发现很多东西已经消散。我尽力打捞那些我还记得的。

这本集子收录了八篇小说。她笔下的故事,不温暖,不励志,不圆满,反而充满遗憾、失败、困惑和缺陷。她所关注的是人生晦暗的那一面,但还不到悲剧,是的,不是悲剧,没有悲壮,也没有英雄,只是一些会被生活淹没的人,和他们啮齿性的无力感。

这样的主题,和张悦然的《我循着火光而来》有部分相似之处,人到中年,会看到很多"没有办法的事",会不知不觉走进很多逃也逃不掉的困境。活着活着,就活成了巨大的空洞。而我们眼看着这空洞,无法弥补,一点点扩散。

《北方大道》是全书的第一篇,读起来有一点残忍。主人公是一个经历过政治运动,被迫离开中国,住在纽约的男人。大概五十岁，或者更老。1990年至今，二三十年过去了，我们通过作者的叙事，大概知道他经历了什么。其实没有什么，没有事业，也没有婚姻。他只是被时代推着来到了纽约，住下来，生活着，而已。

故事的焦点是一场约会。当年的大学女同学来纽约出差，约在酒店见面。重温旧梦，双方好像都动了真情。直到小说的最后一刻，他们躺在酒店的大床上，计划着结婚，买一个房子，好好生活。也许酒喝多了，话匣子打开，女人说出了这句话："你看，要是当年你跟我一起回老家就好，我们就都算躲过去了……你这二十几年有什么意义，全浪费了。"

然后，男人把酒杯摔向墙面，血一样颜色的液体渐渐渗进墙壁。这个男人的二十几年浪费掉了吗？

浪费掉了。

要他承认吗？

不，他承认不了。他承受不了。

《椰树长影》是另一个历史和时代造成遗憾的故事，篇幅很短，行文上有些局促。讲的是一九四九造成的分割，台湾大陆两岸，奶奶和爷爷不同的人生际遇。那么漫长的时间，谁也没有办法跨越。爷爷有一句话常常挂在嘴边——"大家都是没有办法"。是的，大家都没有办法。

"没有办法"这句话同样出现在了《永生》这一篇。

这可以称得上是一篇软科幻小说，故事发生的背景是人类发明了一种永生药剂，只要付上一大笔钱，并承诺不生育后代，夫妻双方就可以选择永生。

我挺喜欢这篇小说，因为作者在一个科幻背景下，塞进了扎扎实实的鸡毛蒜皮，让故事产生了一种新鲜感。它讲的其实还是人到中年，陷入泥潭的无可奈何。就像主人公说的："哪种决定都是一定会后悔的。你这种人，大概不理解什么叫'没有办法'，但很多人会走到这一步的，真的，很多人。我现在就是这样，没有办法，每一条路都是错的，不会再有什么好事等在我面前，但我又能怎么办呢？"

《AI》讲的也是深陷泥潭的男人，他有一个妻子，还有一个情人。但是，一切没有变好，好像也没有变得更糟。"就是这样，什么都没有改变，癌没有改变什么，爱也没有。"

没有办法，就这样活下去。

读李静睿的小说，常常想到杨德昌的《一一》，那大体也是一个中年人的故事。不知道为什么，我好像提前进入了中年。前几天，在网上看到一篇文章，讲的便是这种感受，青年人早早地被生活打垮了，焦虑、不安，甚至无谓。这到底是个人内心层面发生的事情，还是和更大的历史进程有关呢？

我不知道。

或许这正是作者故意引诱我问出的问题。她在采访中说,"我希望自己也能用很轻的语言,写沉重的命题,《北方大道》里有好几篇都是这样,起码是在朝这个方向努力"。

其他几篇,《盐井风筝》气质奇特,混入了一个杀人案,但绕来绕去,也是一个关于时间的故事。《沙河涨水》涉及拆迁,但其实是一个情欲故事。《柠檬裙子》是藏着黑匣子的爱情故事,作者像一个老练的猎手,等你上钩。《我和你只有这四个夜晚》是一个爱情故事。写得很舒展,很充分,关于相遇,关于爱情,和爱情之后。

东北往事
——《飞行家》

一

1995年,我上小学一年级,脖子上挂着一枚钥匙,如果父母回来晚了,我可以自己打开家门。这是一个奖励,证明我正在长大,可以负担起一些微小的责任,比如保管一枚钥匙。我对此感到欣喜,每天背着书包快乐地奔向学校,全然不知那些看似稳定的东西竟然可以顷刻瓦解。

正是那一年,父母双双下岗。失去收入来源的他们不得不外出打工,我被送到外婆家,此后十余年,我们三人每年一起生活的时间,不超过一个月。我的那枚钥匙,成为废品。

1995年,远在东北的双雪涛正在上初中,他的父母也遭遇下岗。为了维持生计,他们"卖过蛋糕饼干,还有苞米和茶叶蛋"。他们以自己所有的能力,筑成小舟,躲避灾祸。

事实上,这不是他们第一次遭遇巨变,更早之前,他们上山下乡，错过了教育，之后成为工人，勤勤恳恳，但时代并不讲道理。

我们好像生活在一个岛屿，四周皆是汪洋，岛屿的中心是一座火山，它曾经喷发，以后不知道会不会再次喷发。

所有人都努力让世界恢复秩序。

终于，双雪涛成为一个银行信贷人员，拥有一份稳定的工作，体面，衣食无忧。他在这个岗位上待了五年，每天在工作的间歇偷看小说，对生活不一定满意，也不一定不满意。

有一天，他看见《南方周末》上一则小说比赛的启示，首奖高达六十万台币，换算人民币有十五万。是的，是个台湾的比赛，但这没有什么关系，钱是一样的。于是他开始写。

"写了二十天。有时下班在单位写，有时带回家里写。写作之时，周遭世界尽皆消隐。无知无畏，一气呵成。"

这本后来名为《翅鬼》的小说，真的为他捧回了大奖。于是，他开始了白天上班晚上写作的生活。这段时间里，他写出了《聋哑时代》，那是最接近自传的一部作品，关于中学时代。

二十九岁那年，他辞职，成了专职作家。此后，他写了《天吾手记》，那是一本台北市资助的半命题小说。2016年，他出版短篇小说集《平原上的摩西》，2017年出版小说集《飞行家》。

二

这几天，我读完了《飞行家》，接着读完了《平原上的摩西》。可以肯定，这是两本优秀的小说集，而创造它们的那个叫作双雪涛的东北人，无疑是个出色的小说家。

《飞行家》共收录九篇小说，在我看来，可分为三个序列，第一序列有《光明堂》《飞行家》，第二序列有《跷跷板》《北方化为乌有》，第三序列有《白鸟》《刺杀小说家》《宽吻》《间距》。

第一序列的故事都发生在东北，写得宽阔，也写得深厚。第二序列也与东北休戚相关，篇幅不长，以谜的形式展开。第三序列，则倾向于形式和内容上的实验。

所谓写得深，是指故事之下还有故事，小说仅在故事层面就有好几个维度。

《光明堂》的故事发生在1992年，由两条线索展开。第一条为第一人称叙事，叙事者是十二岁的少年，父亲没了工作，出门找事，"我"独自一人去投奔久未谋面的姑姑。第二条为第三人称叙事，主要人物也是一名少年，名叫柳丁，他的妈妈离他远去，他和外婆一起生活。

随着叙事的交织进行，两条线索汇聚在一处。在第一条线索里，姑姑倾心的林牧师遭人当街刺杀；在第二条线索里，这个急于寻母的少年，结识了学校看门人老赵，并接替老赵的任务，杀了林牧师。

惊喜华文创作

当"我"背着表妹（姑姑的女儿）往家里赶的时候，正好遇见了柳丁，"我们"追击他，都掉进了影子湖。忽然，叙事节奏加快，好像读者也跟着进入了一个旋涡，一切都变得神秘而陌生，带有奇幻的色彩。那些被掩盖与隐藏的记忆被重新翻搅出来——疯子廖澄湖和"工人之家"里的泥塑像联系在一起，共同构织了最底层的故事——"文革"。整个小说不疾不徐地讲述，似乎就等着最后翻起湖中的影子，让一切重新被看见和听见。

《飞行家》同样由两条线索交织构成。

父辈的故事——关于二姑夫李明奇初次来家里见丈人的情形——以第三人称叙述；我的故事——二姑夫和表哥失踪，我被姑姑叫回来寻找他们——以第一人称叙述。

这篇小说涉及多个人物，包括祖父、祖母、父亲、大姑、二姑、二姑夫、表哥，他们每一个人的境遇都在叙事中交代得清清楚楚。

最后，故事走向了一个诗性的结尾：夜半，二姑夫用他自己制造的飞行器（类似热气球），带着表哥和几个年纪相仿的人，升空离开。他说，他要去南美洲。临别前，二姑夫对"我"说："人出生，就像从前世跳伞，我们这些人准备再跳一次，重新开始。"

父亲去世前，也对"我"说了一句话："度过一生并非漫步田野。"

整篇小说，并没有怎么写父亲、姑父他们的具体生活,但你可以感到,这是一篇献给被时代抛弃的人的故事。温暖、柔软。

《跷跷板》关于一个谜,并且最后也没有解开。《北方化为乌有》也是一个谜。这两个谜有一个交叉点,就是九〇年代的工厂改制。在《跷跷板》里,老厂长向"我"吐露了一个秘密,当年改制,他为了对付一个工人,杀了他,埋在了幼儿园的跷跷板底下,但我去寻找尸骨时,不仅发现了尸骨,厂长所说的那个人也还活着;在《北方化为乌有》里,工厂也同样要改制,厂长是"我"的爸爸,他正设法举报几个贪赃枉法的领导,被人杀死,而"我"多年后通过另一个人的小说发现了父亲死亡的真相。

我的复述过于简略,但是这两个故事的谜底其实都没那么重要,重要的可能是这个交叉点,双雪涛一次又一次地写下岗这件事情对普通人造成的影响,这是时代的谜题。

《白鸟》和《刺杀小说家》是形式上的探索,前者近于人物小传,后者近于寓言。《宽吻》和《间距》则是内容上的探索,《宽吻》讲了一个去海洋馆偷放海豚的故事,《间距》写了一群北漂青年的无聊工作。

三

之前说很久没看到这么好的中文创作了。说的是双雪涛。

第一，是历史感。处理时代创伤是一个难题，但文学需要进入这些领域。八十年代，所谓伤痕文学，是一个契机，但大多流于自怜，热热闹闹一番，很快翻过去。前段时间，看见白先勇说，他的《台北人》是通过文学为那段历史作注。我们当然知道，历史是历史，文学是文学，但文学的深厚，确实需要回应时代，不论是卡夫卡式的，还是契诃夫式的。

双雪涛在接受采访时说："我们当下的写作出现了巨大的空洞，竟然没有人去写当下！更别提写得好不好了。有人写未来，有人写过去，当下成了失语的状态。当然，写当下是非常难的，因为它没被沉淀过，你很难看清，它在流动着，你又很容易失手。"

幸好，双雪涛在写当下。并且写得不错。

第二，是语言。一个作家找到了自己的语言，就成功了一半。看汪曾祺的文章，多次提到语言的重要。双雪涛在各种访谈中也提到这一点，可见他对自己的语言是有意识，且下过功夫的。

双雪涛爱用短句，喜欢描述动作，不敷衍太多形容词，并且不爱比喻（他在小说里还揶揄了一下）。文字压得实，读起来不会飘，厚重，密度高。另外，短句符合中文本身的语感，节奏轻快，并不枯燥、干巴。他的对话也写得很好，话与话之间有缝隙，可以容下很多东西，同时话赶话，非常生动。

在这本小说里，双雪涛写下了一个一个被侮辱和损害的人。他带着温柔和诚心，写下自己的故事，回应这个世界。

他让我突然发现，那个挂着钥匙的小孩，也有自己的故事。

黑暗里，河水正一点点漫上来
——《冬泳》

一

这两年，以东北为题材的文学作品，似乎迎来了一轮小爆发。散文有贾行家的《尘土》；小说有双雪涛的《飞行家》。早几年，还有电影《白日焰火》《钢的琴》。似乎，一时间，大家都对东北这片土地发生了兴趣。这或许是巧合，又可能是历史的必然。

现代主义以来，小说已经卸下了记录时代、反映时代的任务，但我们永远需要关于当下的故事，需要关于我们自身的故事。文学不止是记录，它还进一步消化、吐纳，将现实、记忆和情绪，共同揉进文字里。我们在文学里，可以重新活一次。

说回东北。它曾经拥有无数的烟囱，巨大的工厂，勤勤恳恳的工人。它曾经代表着先进和未来，但时代总是比人大，忽然之间，工厂改制，工人下岗，曾经最辉煌的地方，也迎来了最艰难的挑战。

这不是个小事件，它所引起的涟漪波及好几代人。

双雪涛和班宇都是八〇后，那一切发生时，他们还小，但毫无疑问，时代的震动必然影响到了他们的家庭和记忆。于是，多年以后，我们读到了《飞行家》和《冬泳》。从这个意义上说，它们的出现，确属必然。

二

总是提到《飞行家》，是因为它和《冬泳》确实可做一些对比。

首先，他们的作者是同一代人，双雪涛出生于1983年，班宇出生于1986年。他们都出生于沈阳，在沈阳长大；他们的故事也都关于东北，关于时代，关于时代中一个个被侮辱和损害的个人。

甚至，他们的小说都有某些对应关系：《冬泳》和《跷跷板》，《枪墓》和《北方化为乌有》，《盘锦豹子》和《飞行家》……

他们都写九〇年代的东北故事，那些下岗工人，他们被抛下的人生；他们也都向前一步，写那些工人的下一代，那些离开东北的年轻人，正如他们自己。

题材上，双雪涛挖得更深一些，他着力要挖起时代的尘土，和着当今的雾霾，加入一些超现实的幻想，建起一座座关于普通人的记忆博物馆。班宇则似乎没有那么大的野心，在这本书里，他的大部分小说，都围绕着九〇年代的下岗潮。《工人村》给这本小说集定了调子，也是它的起点。

写法上,双雪涛有着更多类型小说的技巧,结构上也更周严。他的文字看起来暴烈、寒冷,然而读进去,又会发现他的柔软和慈悲。班宇的结构则没有双雪涛那样严密,但却常常有出其不意的闲笔,让人莞尔。另外,不知道是不是受到东北严酷环境的影响,他们都倾向于短句,干燥,厚实,锋利而坚硬。

三

八〇年代兴起过一阵"伤痕文学"。知识青年们试图通过文学抚慰时代带来的伤痛。按照这个标准,班宇的《冬泳》似乎是另一个时代的"伤痕文学"。他的所有故事,写的大多是时代洪流中的脆弱个体,那些下岗工人,和他们飘零的人生。

《盘锦豹子》是全书的第一篇,写的是一个破碎的家庭在时代之中浮沉的故事。

故事以第三人称叙事,讲述了姑父孙旭庭的半生。小说中,时间跨度很大,几乎有一二十年。在这一二十年里,孙旭庭一开始是印刷厂的先进职工,后来厂子低迷,他去做销售,拉了盗版 VCD 封套的活,被抓了起来。同时,小姑出走,离婚,杳无音讯。接着,孙旭庭开了家彩票店度日,儿子学习也不大好。故事的最后,在一系列颠簸之后,小姑回来了,他告诉孙旭庭,房产证之前被她带走了,如今已经输给了别人。最后的最后,孙旭庭挥舞着菜刀,扑向前来讨债的陌生人,跌落在楼道里。

这个故事很有代表性,情节虽淡,却勾勒出了一代人的生活图景。

我虽然不是东北人,父母却同样是国营厂工人。在班宇的小说世界里,总是有印刷厂、变压器厂,而在我的记忆里,则是铅笔厂、造纸厂、毛纺厂。据说,我父母所在的铅笔厂,曾经还上过电视,因为他们一举创新,创造了用报纸卷成铅笔的新产品。年代久远,不知真假。真实的是,在我刚读小学时,父母就陆续下岗,曾经热闹的职工宿舍开始荒疏,大人们全部离家打工,孩子们全被丢到爷爷奶奶家。时代的齿轮,也在我们身上压了过去。那时候,大家都没有什么反应,我也是很久之后,才察觉出其中的滋味。

那些年,常常可以听到"买断工龄""效益不好"等词语,也常常听说谁和谁离了婚,再也消失不见的传闻。日子进入风暴模式,和之前的稳定系统决然不同,人们在风暴中继续前进,很少有人能突破重围。大多数人,正像班宇的小说中所写的那样,"本想顺应时代洪流,成为其中微不足道的一员,但到最后才发现,只有自己四处碰壁"。

四

除了故事本身,我喜欢班宇小说中的另外两个地方,一个是他总是有很多闲笔,看似无用,却莫名使故事更具真实感和空间感。

比如前面说到孙旭庭被抓,来了一老一少两个警察将孙旭庭带走。这时,班宇岔开写了这么一大段:

"路过红绿灯时,老警察停下来,掏出一盒烟,抖出来两颗,自己一颗,又递给后边的孙旭庭一颗。拢火点着之后,老警察指着街边新开的酒店对小警察说,看见没,我爸上个月过生日,就在这家饭店办的,六百八十八一桌,还有南极籽虾,冰镇的,肚子溜儿鼓,我寻思这个肯定有营养,连扒好几个,结果我外甥说,大舅,擦一擦,你嘴边都是受精卵,这他妈给我恶心得,这个小瘪犊子。小警察和孙旭庭听完之后,一起笑了起来。"

这一段对整个小说,几乎没有任何作用,这个警察也只出现了这一次。但我很喜欢这些溢出来的细节,它们澎湃而真实。

另外,班宇总是会在小说中插入很多"无用的知识",有时候甚至可以感到他写这些时的兴奋。比如,在《梯形夕阳》中,作者就以半反讽的口吻,插入了许多那个时代变压器厂的材料。在《工人村》的最后一篇《破五》中,作者写了一个三十多岁的离异下岗工人和小学同学去地下赌场一夜游的故事。我很喜欢这个故事,这里每一个人都丧丧的,无法得救,甚至有一些自我毁灭的意味。在小说中,作者详细描写了一种叫作车马炮的扑克游戏,其渲染气氛的程度,很容易让人想起阿城的《棋王》。似乎,在那个时刻,我们也被拉入赌局,将一切生活中的失意通通忘记,投入于技艺、运气和肾上腺素。

而此时,那些"无用"的关于扑克牌的知识,竟成为闪光之处。

五

毫无疑问,班宇小说中的人物,大多是失意者。他们身处时代洪流之中,生活被冲得乱七八糟,就像《梯形夕阳》最后,主人公的内心:

"我想了很长时间,仍旧没有答案。天空呼啸,夜晚降落并碎裂在水里,周围空空荡荡。我知道有人在明亮的远处等我,怀着灾难或者恩慈,但我回答不出,便意味着无法离开。而在黑暗里,河水正一点点漫上来。"

堕入深渊的青春
——《生吞》

一

前几天买了《生吞》,准备睡前看两眼,不料一翻开就停不下来。读完时,天已微蓝。我好像被某种力量攫住了,恍惚地盯着天花板,不知过了多久才睡着。

这样的经验小时候常常有,这几年却越来越少。我无法再像从前那样毫无保留地进入一个文本。翻开书页的过程中,总是会不停地做出判断,保持清醒。另一方面,大概也是因为近几年读的多是所谓纯文学,类型小说看得较少,那种靠情节驱动的快感,基本让电视剧给替代了。

回头说《生吞》,这是一个悬疑小说,妥妥的类型文学。类型文学听起来好像低人一等,但类型文学写得好,并不容易。因为它自有一个框架,你需要有足够的能力,去完成这个框架规定的东西。

所谓的纯文学,作者可以绕开这些,另辟一个战场。那当然需要更大的勇气和才能,但也很容易让平庸者混入其中,还自我感觉良好。

悬疑小说的最高道德，是要讲一个吸引人的故事。在相当情况下，是一个犯罪故事。

《生吞》就是一个犯罪题材的故事。2003年，十九岁女孩黄姝被人杀害并抛尸在鬼楼大坑。十年之后，另一个女孩的尸体，在同样的地方被发现。两起案件的作案手法基本一致，女孩肚子上都有奇怪的刻痕。难道这两起案件是一人所为？可是杀害黄姝的凶手已经死了不是吗？

埋在老刑警冯国金心头的不安终于被唤起：难道他当年抓错了人？

整本小说，由两条叙事线索交替展开：一条是以冯国金为叙事主角的第三人称，一条是以我（王頔）为叙事主角的第一人称。

前者，重在破案；后者，则由我、冯雪娇、高磊、黄姝、秦理几个人的成长故事构成。

两条线索交织展开，共同推进，终于解开了凶案的谜团。

二

说起来，这本书的悬念，大概在看到一半的时候，就能猜到七八，但你还是会情不自禁地看下去。它吸引人的地方，不仅在于情节设置，还在于语言，以及人物塑造。

郑执的语言，读起来相当流畅，既不是干瘪的大白话，也不是矫情的文艺腔。它既有冷峻杀伐，也有温柔抒情。两种语言感觉的交替，营造出了一种独特的空间感。

《生吞》还有一个好，是它写得真实。一个悬疑小说很容易写得轻飘，所有人物都成为作者手中的木偶，只是完成一个设计，但《生吞》在这一点上却做得颇为扎实，它充满了真实生活中的细节，让整个故事不至于变得虚假。

冯国金，一个悬疑剧里常见的老刑警。能力突出，有正义感，一门心思都扑在工作上，有一个感情不好的妻子，一个捧在手心上的女儿。

高磊，家里有钱，但不是顶有钱的。父亲做生意，还需要儿子和别人搞好关系。从小生活比同龄人优越一些，心底不坏，但软弱、犬儒。

冯雪娇，冯国金的女儿。一个普通女孩，成绩好，漂亮，但不够漂亮。

我（王頔），家境贫寒，父母下岗后，在街边摆摊卖串为生。有侠义心肠，也有常人的弱点。

秦理，天才少年，可惜生在一个糟糕的家庭。父亲、大伯都是杀人犯，在学校常受欺负。

黄姝，漂亮，妈妈练××功走火入魔，寄住在舅舅家，不仅得不到关爱，在学校里也受人排挤。

我、冯雪娇、秦理、黄姝从小学时就是好朋友，初中之后，高磊加入了这个小圈子。

在这个安静的表面关系之下，每个人的命运都在悄然发生改变。最终，黄姝死在了鬼楼的大坑，秦理被退学，变成了聋子，其他三人都各自走向生活的宽水域。直到十年后，另一个女孩的死亡，将两个时空串联在了一起。

三

看到《生吞》，很容易想起两个小说，一个是东野圭吾的《白夜行》，一个是双雪涛的《平原上的摩西》。

说起《白夜行》，是因为这两本书都是悬疑小说，并且在悬疑的最内核，写的是在最糟糕的环境里少年人的爱与牺牲。

想到《平原上的摩西》，则是因为这两个小说的背景都在沈阳。虽然《平原》是个短篇，但他们之间竟然有很多互文，比如两个小说里都提到了艳粉街，比如都有下岗潮的背景，比如都涉及了出租车司机连环被杀案，并且，这个案子在两个故事里都很重要。再比如，他们都对人性中最美好的那些东西，给予了最浪漫的表达。

不过，双雪涛的小说，更在意的是捕捉时代。它有很多个时间的窟窿，就那么黑黑地隐藏在文本里，等着你去窥探。相较之下，郑执在洞穿时代，捕捉某种时代精神上，没有太大的野心。在这个故事里，他更在意的是人性，是人最纯真最炙热的那部分美好。

小说里，所有人都有或多或少的妥协，唯有事件核心的两个人，一直在被损害，互相取暖，却不得善终。这是一个复仇故事，也是一个纯爱故事，是一个悬疑故事，也是一个青春故事。后来，我们都变得多少虚伪，只有他们还炙热善良。后来，我们都走出了青春的阴影，只有他们堕入了无底深渊。

江湖与现代世界的碰撞
——《侠隐》

姜文的电影《邪不压正》要上了，我趁这个机会把《侠隐》找出来又读了一遍。虽然还没看着电影，但我猜姜文肯定会有一番大改。不过这没关系，小说归小说，电影归电影，电影看了再说，今天先谈小说。

谈小说，不得不先谈谈张北海。我第一次知道张北海的名字，是在2011年，当时我在南昌混日子，成天怀疑人生，逛图书馆，读了一堆没用的书，大多忘了。其中有几本一直记得，一是之前特别推荐过的邹静之的《九栋》，一是施蛰存的《唐诗百话》，还有一本就是张北海的《侠隐》。

《侠隐》是本武侠小说，但不是一般的武侠小说。人物不像金庸式的大侠，没有什么神功；背景是抗战前夕，枪炮已经进来，世界已经变样。武林、国家，都要挥手，这个故事底子里是不可抵达的乡愁。

《侠隐》写的是1936年的北平，而张北海正好出生于1936年的北平。这当然不是巧合，而关于张北海，我当时所知不多，只知道他是个华侨，长期居住在美国。

后来，渐渐从不同的书里，不同的作家笔下，读到他的名字。比如阿城，他说自己是个张迷，不是迷张爱玲，而是迷张北海。陈丹青也说，他正是在张北海的文字里认识纽约的，"张北海是纽约的蛀虫"。

一直以来，张北海以写纽约闻名，相继出了好几本关于美国的书，比如《美国：六个故事》《人在纽约》《美国邮简》等等。但2000年，他冷不丁写出了一本小说，一本关于老北京的小说——《侠隐》。

《侠隐》是一个关于复仇的故事，同时也是一个关于北平的故事。它写的是逝去的武林，也是逝去的古都。小说的情节并不复杂。简而言之，便是太行派最后一代传人李天然（原名李大寒）为师父一家报仇的故事。

李天然无父无母，由师父养大，从小习武，不到二十岁接任太行派掌门。说起来是掌门，其实也没有多少人马，不过一家几口，饶是如此，也招大师兄朱潜龙嫉恨，于是朱联合日本人杀了师父全家。李天然侥幸逃出，被美国医生马凯所救，后随马凯医生一家远去美国，读书留学。

五年之后，也就是1936年秋，李天然回国，开始筹备复仇大计。时间设在1936年，有点常识便知道，那是大战前夕，日本人蠢蠢欲动，抗日活动也已暗中展开。

滚滚洪流中，张北海选取了一个江湖故事。这里藏着小说的第一个反差，即江湖武林与现代性的碰撞，这个主题是徐皓峰的最爱，小说电影里一遍又一遍地讲。

当然，徐讲得好，他建构了一个民国的武林世界，将飘逸的江湖拉到现实地面，孤独的大侠变成了门派的首领，飞是飞不起来了，反而有实实在在的物质问题。一个门派的生存、发展，不只是简单的打打杀杀。江湖成了武行，既是一种行当，便有一种行当的规矩，但这规矩面对现代性的浪潮，不合时宜，注定消亡。

徐皓峰一再讲的，便是武林规矩的秩序之美，以及这一武林消逝的"落日之美"。《侠隐》中，当然也有这一面。李天然和蓝青峰的谈话中，就好几次谈到这一点。甚至李天然师父一家便是被枪击所杀——即使练就一身武功，也未必敌得过一颗子弹。在战争面前，李天然的一生武艺还不如蓝家少爷几个月的飞行员课程。

当然，《侠隐》还不只如此。张北海想写的，其实是北平，是那个他在童年时期生活过的，已经永远消逝的北平。读这本小说，你会发现，情节的发展并不急促，反而常有闲笔。整本书，李天然统共就干了几件大事：火烧仓库，掌毙羽田，卓家借剑，断臂山本，饭馆报仇。除此之外，便是会朋友，吃饭、聚会、上班、逛街。当然，这些聚会上班逛街也有推动情节之作用，但它们本身亦是重点。正是这些文字，构成了这部小说的空间感，复原了整个古都的风貌、气氛。

特别是前半部，李天然回国，复仇还没展开，先到街上乱逛：

"他就这么走。饿了就找个小馆，叫上几十个羊肉饺子，要不就猪肉包子，韭菜盒子。馋了就再找个地儿来碗豆汁儿，牛骨髓油茶。碰见路摊儿上有卖脆枣儿、驴打滚儿、豌豆黄儿、半空儿的，也买来吃吃。"

看起来一点不像江湖大侠，倒像是个美食作家。在蓝青峰家吃饭，作者也不忘写菜色："是有几道扬州菜。煮干丝，清炖狮子头。可是也有板鸭肴肉，干炸里脊，栗子白菜，锅塌大虾。"

在国仇家恨的间隙，张北海藏进了栩栩如生的北平日常，从中秋、冬至，写到除夕、清明、端午。算下来，李天然回国正好一年。一年不仅是复仇的一年，也是日常北平的最后一年。之后，便是抗战，是国共内战，是未来的中国。那个遥远的古都就此消逝。再也寻不到了。

难怪王德威完全不管武侠，而把《侠隐》纳入唐鲁孙等人的"北平叙事"脉络之中。在大战前夕，张北海用自己的文字，建设了一个活生生的，充满活力的故都。全书的最后，蓝青峰对李天然说："天然，别忘了……不管日本人什么时候给赶走，北平是再也回不来了……这个古都，这种日子，全要完了……一去不返，永远消失，再也没有了……"

而张北海所做的，便是在纸上重建了这一故都。（忽然想起北岛的《城门开》，那也是一本试图唤起记忆中北京的书。当然，那已经是另一个北京了。）

◎ 人与书
◎ 小说
华文创作
◎ 一场误入歧途
◎ 十九世纪的
◎ 读塞林格 ◎ 惊喜

阅读与写作

读鲁迅的心法和技法
——《笑谈大先生》

鲁迅,我们都读过的。比如《从百草园到三味书屋》,比如《社戏》,比如《祝福》,比如《孔乙己》,比如《纪念刘和珍君》。印在课本上,老师要教,考试要考,不能不读。因为这"不能不",很多人心里不爽。你越是不可触犯不可商量,我越是不屑;你越是要给他抬上高位,我越是要绕开。

这一绕,就绕远了,可能再也不会绕回来。

比如我,迄今为止,鲁迅的书完整读过的只有《野草》《呐喊》而已。后来慢慢觉察到鲁迅文章的意味,但究竟心野了,外面的世界大,这里跑,那里看,鲁迅的文章好像家门口的景点,每回来来去去,却总是略过,又略过。

这回看陈丹青《笑谈大先生》,又在鲁迅的门外转了一圈。这一圈转完,真的要敲开门,好好读一读鲁迅了。然而读鲁迅之前,不妨先回头谈谈这本《笑谈大先生》——它告诉了我们读鲁迅的心法和技法。

从 2005 年到 2010 年,陈丹青在各地做了七次关于鲁迅的演讲，收拢到一处，便是这本书。按说，陈丹青本业是画家，并非研究鲁迅的学者，也和鲁迅无甚渊源，好端端地何以谈起鲁迅，并且一谈就谈了七次呢？

查书序，原来是北京鲁迅博物馆孙郁先生起的头，他邀请陈丹青到馆里来讲一讲鲁迅，于是便讲了，一讲，有了回声，便又多讲了几场。

可凭什么陈丹青可以讲？不凭什么。只凭陈丹青读过鲁迅的书，喜欢鲁迅，是鲁迅的读者。这说法好简单，简单到让人一愣。转而心喜，就是啊，就是应该这样。为什么普通读者便不可以谈？鲁迅是研究者的家产么？

说到底，鲁迅是一位作家，他的文章，每个人都可以读，每个人也都应该可以谈。陈丹青这一谈，带了个头，帮我们松了绑，也把绑在鲁迅身上的绳索抖落掉。我们互相清白，可以读了。

那么，怎么读？当然是一页一页地读，一本一本地读，随意地读，尽兴地读。可以喜欢，可以讨厌，可以佩服，可以不屑。总而言之，是要用心去读。

"用心"二字，正是陈丹青教给我们的心法。文学史，那是批评家的读法；八卦掌故，那是报纸文人的读法。我们读鲁迅，不为了赚钱，不为了当官，只是因为喜欢。真喜欢，才肯用心，而不是虚与委蛇的应付事，或者营营索索的找材料。

你看陈丹青，谈鲁迅就从自己的感受谈起，谈他的鲁迅。他的鲁迅和你的鲁迅是一个鲁迅么？可以是，也可以不是。鲁迅经得起这样的分身。正因这样的分身，鲁迅才丰富立体起来。

且看陈丹青怎么谈？他谈得很不相干，但又很贴切，很漂亮。全书第一篇——也是最好的一篇——题目正是"笑谈大先生"。"大先生"原是家里人对鲁迅的称呼，既有尊敬，又带着亲昵，似乎还有一丝戏谑。而"笑谈"，则告诉我们放轻松，也许只是开玩笑的谈谈。

陈丹青说两点。一是，鲁迅先生样子好看。二是，鲁迅"好玩"。这说得真妙，我还是头一回听人谈鲁迅，先谈到他的相貌上。看木心文章，他老人家似乎也看重样子，陈丹青或许受他影响？不可知也。总归是个新奇同时令人信服的角度——鲁迅先生的样子确实好。不是帅气，漂亮，而是那样子，那张脸，确乎和鲁迅很配。陈丹青是这么写的："这张脸非常不买账，又非常无所谓，非常酷，又非常慈悲，看上去一脸的清苦、刚直、坦然，骨子里却透露着风流与俏皮……"

是啊，鲁迅的样子，正是这样。如果要谈下去，还可以谈谈胡适的样子，张爱玲的样子，这两位在我看来也都是有好样子的。实际上，翻看民国人物的照片，好样子的人太多。人活一生，真的会把一切都活到脸上。这张脸，骗不了人。

所以，喜欢一个人的样子，未必就是肤浅。喜欢一个作家，而喜欢他的样子，这很私人，很不着边，但也很有意思，很亲切，很自然，不是么？

再说说鲁迅的"好玩"。鲁迅一直都是愤怒悲苦的形象,他好玩么?虽然我读鲁迅不多,但有一次从图书馆借了鲁迅全集中的一册,夜里看,看得不停地笑出声来。这就是陈丹青说的好玩吧,大先生并不全是一本正经,他懂得讽刺、调侃,懂得好玩。

鲁迅确实是懂得"好玩"的,但是这样讲好像很轻佻,鲁迅好玩?鲁迅怎么能好玩呢?有人也许会这么问,并且问的时候紧锁着眉。这样的人是不懂得好玩的,也未必真懂得鲁迅。

要读鲁迅,还是那句话,用心去读,清清白白,一页一页读出自己的鲁迅。

上面说"用心"是心法,还有技法——读那个时代。这也是陈丹青几次三番,讲了又讲,讲到被人嫌弃,还要继续讲的意思。具体什么意思?可看下面这段话:

"胡适,鲁迅,并非古代人,可是不及百年,由民国而共和国,再加上台湾岛,前后左右,三种是非观,三份教科书,三组话语场,于是胡适鲁迅分别变成三个人:一位活在民国,一位活在大陆,一位远去台湾。换句话说,倘若民国的文人、1949年后的书生、南渡之后的同胞,坐在一起谈胡鲁,怎么说呢,恐怕是一场话语和观念的三岔口。即便三者都爱胡鲁的书,也会被历史的分离所错置,各持文化记忆之一端,彼此难懂,彼此扑空——其实何止胡鲁二位呢,几乎所有民国人物都已被政治的棋局一分为三,活在无数误解正解新说谬说中。"

鲁迅也好，胡适也好，都被政治绑架了几十年，从前鲁迅全集里，被他骂过的人都被注为"反动派"，而这些"反动派"的书，大多看不到，胡适消失了，梁实秋消失了，许多人都消失了，而这些消失的人，他们的文章和鲁迅一起，才是那个完整的时代。

也正是那个时代，有那么一群和鲁迅笔战的人，才有鲁迅。而读鲁迅，不妨从那个时代着手；而读鲁迅，也必然会读到那个时代。这样，才读得清楚，明白。

八卦与作家
——《人情之美》

人人都热爱八卦。这并不可耻。相反,通过八卦,我们不仅在评价他人的生活,也在不断调整和创造自己的生活。

八卦发生的第一个原因是我们不能忍受孤独。我们需要交流,需要知道别人怎样生活。八卦还是一种校准机制,我们在八卦和评价别人的时候,也在回看和评价自己。不过,有些人只爱挑别人的错,看别人难堪,这倒不是八卦这一行为的问题,而是人的质素区别。小时候,我外婆不仅给我说了很多邻居的坏话,也讲了不少邻居的德性之举。八卦这件事情,一定包括对他人闪光之处的景仰和敬佩,当然还包括喜欢。

我们看了那么多名人传记。传记是什么东西?不就是八卦吗?我们从传记中很容易找到积极力量。这是因为,能够留下传记的人,往往是杰出人物,而杰出人物的故事,一定包含了他所以杰出的某些理由。我们可以从中找到认同,找到某种模糊的对自己的期许。

另外，八卦故事，一定要详尽才好。即使是娱乐新闻，杂志的深度报道也会比一个未被证实的爆料更好看，更有满足感。爆料只能引起你的欲望，但无法满足它。

读者对于自己喜欢的作者，一定也是有一颗八卦之心的。钱锺书说，吃了鸡蛋，不必去了解母鸡。这话固然漂亮，但是作家毕竟不是鸡，作家和我们一样是人，我们对于人，特别是我们喜欢的人，如果没有一点好奇心，那未免有点冷酷了。

了解作家，有很多途径，第一途径是读他的作品。另外，也有年谱、传记等资料。除此之外，还有亲友、师生间的文章。比如萧红写鲁迅，汪曾祺写沈从文，都写得好看极了。现在流行民国作家的八卦书，由于不是第一手材料，读起来总是隔了一层。这方面《安持人物琐忆》就要高出一筹，不为别的，只因为人家是亲历。

丘彦明的《人情之美》也是一本亲历的书，她曾在八十年代任《联合文学》杂志的主编。那时她正年轻，台湾文坛也热闹，她因此交往了不少作家。这些作家有谁呢？他们是：台静农、梁实秋、叶公超、吴鲁芹、张爱玲、高阳、孟东篱、白先勇、西西、王祯和、三毛、王拓。

这个名单里有些人我大不熟悉，比如叶公超、孟东篱、王祯和、王拓。不过，大半的人，我们还是了解一些的，比如台静农、梁实秋、高阳、西西，特别是张爱玲、白先勇、三毛。

读这本书,丘彦明是半隐身的,她是作为一叶小舟,把我们引渡到那些作家身边。不过,她究竟不是隐身的。看《人情之美》,之所以有密集的喜悦,正是因为她的在场——她把我们直接带到了作家身边。

比如她写三毛。1981年1月,她从台湾飞到了加纳利群岛看望三毛,和她一起住了一个月。这样的相处,可就不是公事公办的人物稿,而是友人之间的情谊了。

比如张爱玲。虽然丘彦明没有直接访问到她,但是她采访了和张爱玲有过近距离接触的王祯和。1961年秋天张爱玲来台湾时去花莲玩了几天,这一程正是由王祯和作陪,并且住在他家。那时候王祯和还是个大学生。

读这篇采访很有意思。一方面是看到张爱玲日常的状态,她依然敏锐,依然保持着一种有点距离的周到;另一方面,看王祯和回忆二十年前和张爱玲共度的时光,仍能感觉到少年内心的微妙情绪,有些害羞,有些高兴,有些不知所措。

当然,前提是你喜欢三毛,喜欢张爱玲,否则这种八卦未必就会好看。不过,就算你没有读过梁实秋的书,关于梁实秋的采访,也很值得一读。其中不仅谈到读书的方法、经验,也谈到写作。

对了,还有西西。西西是香港作家,我以前对她的生活并不怎么了解,看丘彦明写的西西,才知道西西和妹妹、母亲生活在一间二十七平米的房子里。为了照顾母亲，西西四十岁就从小学教师的职位上退下来。写作呢，就在浴室和厨房间的过道上，搬一把椅子，趴着写。就这样写，西西竟然写出了这么多好书。

读完全书，回头看书名"人情之美"四个字，这才懂得了作者的意思。这种编辑和作家之间亦师亦友的关系似乎正在消淡。人情有麻烦处，但人情交往之间，确也有值得留恋的地方。看扬之水的《〈读书〉十年》日记，也有很多热闹温厚，充满烟火气息的记忆。

现代诗的美
——《取瑟而歌》

几年前读过《既见君子》,那是张定浩谈论古代诗人的书,写得很轻盈,从曹子建、阮嗣宗谈到陶渊明、李太白……

篇幅都不长,不追述诗人生平,只是对着诗,对照自己,写下些许感受、体悟,如此而已。

如此而已,却读得我很感动。张定浩打开了一扇门。通过它,我们每个人都可以与古代诗人对话、交谈。他让我们知道,不需要多么高深的术语,一样可以进入古诗的世界。

相比于古诗,我对现代诗更为困惑。虽然读过一些,但大部分感受无力,不知道它好或不好,亦不知道它好或坏在哪里。

因为古诗对格律的要求,即使我们不会作诗,也可以凭借阅读经验轻松分辨哪些是糟糕的诗作,对于最好的那一部分,甚至可以通过身体感知。新诗则是自由之子,虽然我们也在课堂上学过徐志摩、闻一多、卞之琳,但当我们面对一首陌生的新诗时,却往往手足无措。旧日的经验并不可靠，我们心中总是充满疑团，不知道该如何进入，如何理解。特别是在诗歌越来越边缘，并且充满江湖骗子的当下，阅读新诗是一件很难有满足感的事情。

理解新诗的困难，或许在于我们有时候把它看得过于简单，有时候又看得过于复杂。读一首古诗，我们会很自然地去了解诗人的写作背景，去弄懂每一个字的意思，去熟悉典故，大声朗读。但面对一首新诗，我们则没有这些动作，我们会以为新诗就是分行的句子。我们会像理解散文一样去理解新诗，当我们发现理解不了时，便弃之不顾。

张定浩援引特里·伊格尔顿的话，"令大多数学生在诗歌面前失语的，不是文学批评，而恰恰是文学批评缺失带来的相应感受力的缺失"。也就是说，我们缺乏分析一首诗的工具和能力，以及进入一首诗应有的耐心和信任。但另一方面，有些人又把理解新诗的尝试引入歧途，在解释一首诗时，很多批评家往往是在"非诗"的层面展开的："要么是散文化的，把诗句拆成散文重新逐段讲述一遍；要么就是哲学化的，从一些核心词汇和意象出发，借助不停的转喻和联想，与各种流行的哲学概念攀上亲戚。"

这两种方式都将我们拖远，和原来的那首诗丧失了关系。"所谓理解，不是知道关于这首诗的各种知识，而是动用自己的全部感受力和分析力进入它，体验它，探索它,被它充满,并许诺,我们必将有所收获,这收获不是知识上的,而是心智和经验上的,像经受了一场爱情或奇异的风暴,我们的生命得以更新。"

在这本小书里,张定浩带我们走进林徽因、穆旦、顾城、海子和马雁的世界,去探索、感受、理解他们的诗。与一般文学批评的诘屈聱牙相比,张定浩的文字显得尤为自然、诚恳,他既示范了文本细读的功底,又时刻保持读诗最初的天真。

对这五个诗人的选择,张定浩指出,他们都是"未完成"的诗人。虽然未完成,但从他们的诗歌里,可以看到现代汉语诗歌最好的可能。

全书的第一篇写的是林徽因,一个几乎要被故事压垮了的人物。在各种八卦文章中,林徽因已经成为一个符号。人们乐于传颂她作为女人成功和传奇的一面,但对于她的创作,并没有那么感兴趣。张定浩通过对《谁爱这不息的变幻》一诗的解读,追溯新月派的浪漫主义传统,体认林徽因以及同时代的那批诗人身上的完整性——"终其一生,她是一个完整的人",诗歌不过是生命实践的一部分。

在关于顾城的文章里,张定浩则铺垫了另一条了解顾城的道路,与"童话诗人"无关,与他最后的结局无关。在那些并不热门的诗作里,张定浩发现了另一个顾城。他指出:"在顾城最好的诗歌里,每每有一种和这个世界疏离的冰凉音质,并非反抗也非厌弃,只是疏离。"

在一首诗接着一首诗的阅读中,我们毫无疑问的肯定:"无论他个人的生命如何晦暗脆弱,在诗人最好的那些诗行里,他呈现给我们的是一种健康自然的现代汉语"。

除此之外,张定浩还试图重新梳理穆旦的遗产,澄清海子对现代汉语的意义。可以看得出,虽然书很小,讲的只是如何读诗,作者却时时刻刻想着现代诗歌的流弊。正如张定浩在前言里所写那样:通过这本书"希望给予读者一些有效且可靠的理解新诗的路径,使读者在面对一首陌生的诗时不再胆怯和无所适从"。

读完这本书,我除了买下好几本诗集外,更重要的是重新发现了现代诗歌的美。就像张定浩说的,这是我们读翻译诗所永远体会不到的震撼。

读诗的方法
——《诗的八堂课》

关于诗,我一向读得不多。现代诗,少年时很喜欢过一阵顾城,被他精灵般的意象所折服。其余则读得很少,不是不愿,而是能力不足,很多诗都读不懂。回想这几年读到真正与我频率相合的,唯辛波斯卡、高银、海桑、黄灿然等几位诗人而已。

至于古诗,上学时是很爱的。因为好听,读起来或者铿锵,或者婉转,不管意思,首先有口腔的快感。离开学校之后,虽然读书不停,古诗却不大容易想得起来,手边只有一本金性尧注的《唐诗三百首》,偶尔睡前翻一翻。曾动念读一遍杜诗,也只是想想而已,从来没有付诸行动。

谈诗的书,前几年读过一本张定浩的《既见君子》,他谈古诗、诗人,把自己也写进去,轻盈又有灵气。另外就是讲课性质的书了,因为基础不稳固,这类书我倒很是需要,比如顾随、叶嘉莹的书,还有施蛰存的《唐诗百话》,都很好。

买来江弱水这本《诗的八堂课》，原也是想补一补读诗的方法，不过一翻却发现和前面提到的书都不一样。他不像张定浩那样是散文书写，是拿诗来渡己；也不像叶嘉莹的讲课，是具体地一首一首地讲过去。他这本书，颇有中国古典文论的意思。课题"博弈第一""滋味第二"的句式，靠拢《文心雕龙》；具体的内容，也一直试图接续古典文论的评价体系，和西方理论作品很不一样。

西方的文论作品，从理性出发，常常有难以理解的概念。中国的古典文论，则从感觉出发，善用比喻，通融五感，鉴赏诗文并不只是智性活动，还调动全身，以身体去碰撞作品，讲究品格，讲究味道，就连文论本身，也写得好看，一点不会枯燥。

《诗的八堂课》里"滋味第二""声文第三""肌理第四"这三章，正是重申中国古典评论体系的一些方法。所言滋味，正是通过味觉来感受诗，讲一首诗或苦或甜或涩或腻，都是把味觉带入诗歌，很需要一种切身的敏感。除了味觉，还有听觉、触觉。诗本来就讲求声音。江弱水说，当代读者与新诗不亲，或许与现代诗人不谙声音之道有很大关系。他们过于注重主题、深意、结构，诗变得可看而不可读了。

以上，不论是味道、声音和触感，都是通过身体去读诗。其实不只是诗，任何文学，我们都是以自己的生命和经验去与之碰撞的。唯有你的感觉越灵敏，所得才会丰盛。只是,如今我们的感觉越来越发迟钝,很多细腻的处理,那些可以由听觉、味觉、触觉进入的领域,慢慢封死了。我们本身变得贫瘠,论诗论文,也免不了干枯。

《诗的八堂课》除鉴赏的方法和视角外,另外两个部分,一是诗的发生学,讲诗如何作出来的;一是谈常常入诗的主题,比如情色、玄思、乡愁、死亡。诗的发生学,也就是文学的发生学,简单说,就两种,按江弱水的说法,一为赌博,一为下棋。赌徒的诗,靠迷狂和灵感;棋手的诗,靠孜孜不倦地打磨。博弈二者,也就是灵感和技巧的各有侧重。李白当然属于博者,杜甫则是弈者,但真正的达者,往往博弈相济。

至于入诗的主题,这里就不多作介绍。我想特别再谈一谈《诗的八堂课》这本小书难得的好处:

一是文字极好,读起来是大享受。文论也可以写成如此美妙的文章,非常难得。毕竟文论走的是技术流,靠脑力;而文章常常走的是情感流,靠全部的身心。江弱水示范了一种文论的写作方法,它或许不够系统,但优美、漂亮。如果谈文学的文章本身写得不够漂亮,总是要让人心疑的。

二是此书并不仅仅是"谈谈诗都写些什么,怎样写出来,可以怎样去读",江弱水还试图勾勒诗在当今时代所面临的问题,以及他所给出的解决办法。谈诗,怎么谈都可以,并不一定要直面这些最棘手的问题,但是江弱水坦诚相见,诚恳用心。

三是开放。不论新诗、旧诗,还是小说、文章,江弱水总能在最合适的地方带你出入不同的文本。有时候,滋味就是比对出来的,而能够知道什么和什么可以比,可以对,本身即是大难。江弱水灵敏又广博,读起来很有满足感。

苏轼的讲法
——《苏轼十讲》

不同的书,读的方法不同,获得的乐趣也大不一样。有些书,读起来如同吃了兴奋剂,迫不及待要看到最后一页,否则浑身都不舒坦;有些书,则像是冬日下午的暖阳,看着看着,整个人都疏懒下来,心里也安静开阔了些。

还有一种书,它并不撩拨得你兴奋不已,也不会让你完全放松,而是循循善诱,携你穿过幽谷,跨越山河,天渐渐黑了,你因为跋涉而感到一股充沛的元气,一抬头,则看见漫天星河,浩瀚、静谧。此时,你会被一种深刻的满足感包裹。

这种书,必然不是情节导向的,它需要读者的投入,却没有那么易燃。它需要作者恰到好处的行文节奏,并拥有扎实的细节和理论过程。它需要深入,却不能枯燥。

朱刚的《苏轼十讲》就是一本这样的书。最近半个月,我每天都会读上一阵。书蛮厚的,有三十一万字。不过就像我前面所说,它读起来却并不会感到困难,反而常有一种扎实的快感。

这本书脱胎于朱刚教授在复旦开设的"苏轼精读"

课程。不是传记，也不是文学赏读，而是结合苏轼生平的十个专题讲解。

说起来，苏轼可能是普通读者了解最多的一位宋代文人。这几年，随着自媒体的反复渲染，苏轼慢慢有了一种"网红"气质。人们乐于谈论他的豁达，谈论他的爱吃，谈论他的处世哲学，但对于更具体更实在的课题，则语焉不详，得过且过。如此一来，苏轼变得越来越"糖水化"，成为人们泛滥抒情的对象，其形象本身反而模糊不清。《苏轼十讲》可以说是对这一风气的拨乱反正，它可以帮我们更扎实地走近苏轼，甚至由此窥见宋朝文化之一斑。

书分十讲，第一讲"雪泥鸿爪"，读起来既是文本细读，又如同侦探小说。不仅过瘾，而且过硬。

作者先是抛出一首诗《次韵法芝举旧诗一首》：

春来何处不归鸿，非复羸牛踏旧踪。

但愿老师真似月，谁家瓮里不相逢。

此诗作于苏轼生命的最后一年。当时，他从贬谪之地海南岛获赦北归。五月一日至金陵，遇见老朋友法芝和尚，方作此诗。写了此诗后不久，苏轼就病逝于常州。

在朱刚的笔下，这首诗就像是《公民凯恩》中的"玫瑰花蕊"，借由诗中"鸿""牛""月"这三个意象，作者对苏轼诗词进行了更系统的品读。在这一番比对、细读之中，作者不仅勾勒出了苏轼的一生，也使我们对苏轼这个人，对他的诗，都有了更深层的理解。

读完这篇文章，你会获得好几个层面的快感。不仅有诗词赏析的美学体悟，更有解谜探案的兴奋，还有对苏轼人格魅力的折服。此文作为全书的第一篇，正好定下了基调：它是好读的，同时又是扎实的；它有庖丁解牛的技艺，同时又有体贴的情感。

紧接着，第二篇《贤良进卷》、第三篇《乌台诗案》就更加生动地将我们带入了苏轼的生活现场。在朱刚笔下，很少抒情。相反，他大量地使用证据、文本，详尽、具体地剖析课题，引人入胜。

在《贤良进卷》一篇中，作者先是讲解了宋朝科举制度中何为"制科"，继而整理了能够找到的北宋"贤良进卷"文本。他不仅叙述了苏轼兄弟如何参加制科的始末，更分析了苏轼贤良进卷所表达的整体思想，以及宋朝的策论之风。读来层层推进，尤为过瘾。

在《乌台诗案》中，作者不仅叙事了"乌台诗案"的始末，更是通过对"御史台本"和"审刑院本"的比对，重新考证了这个案子的审判过程。此文不仅揭示了北宋司法制度是如何运转的，还着重肯定了北宋司法官员的专业精神。这与我们寻常所理解的党争，颇有不同。

除这三篇，剩下七讲，还包括三咏赤壁、庐山访禅、王苏关系、东坡居士的"家"、元祐党争、唱和《千秋岁》、个体诗史等七个专题。可以从头到尾读完，也可以选择自己感兴趣的来读。不管怎么读，你都一定会感到一种深刻的满足。

眼高手亦高
——《小说课》

许荣哲的《小说课》读起来是很有意思的，但是毕飞宇的这本《小说课》却不仅仅是有意思这么简单。它不仅让我感到阅读的快感，还让我臣服。

臣服是什么意思呢？就是你知道在读小说这件事情上，你完败了。但是你不嫉妒，而且非常渴望从他这里学到一些什么。

也许你会说，读小说有什么好完败的。"一千个读者有一千个哈姆雷特"，每个人都有自己的读书感受，只有不同，没有高下之分。如果你真这么觉得，那么完了，你丧失了通天的密道。不知道大家小时候有没有玩过超级玛丽，超级玛丽很简单，就是顶蘑菇、发飞镖、救公主，但是在这个游戏的第二关，有一个隐形的砖块，你如果顶对了地方，那片虚无的空气就会长出一根天梯，你顺着天梯就爬到了天上。

告诉我这个秘密的是一起玩游戏的小伙伴，他并没有特异功能可以看见屏幕上那块隐形的砖块。这个秘密也是别人告诉他的。我那时候就在想，第一个看见这块隐形砖块的人是谁呢？他怎么这么厉害？说实话，我到现在也不知道，游戏玩家是怎么知道这些机关的。但是有一点是肯定的，这些机关是游戏的设计者一早就设计好的，这些东西，用现在时髦的话说，叫彩蛋。你不知道，也可以玩，但你知道了，会玩到一个新的层次。

如果你不知道有这个层次的话，照样还是顶蘑菇，踩乌龟，但是你一旦知道了，屏幕上那块空白可就不只是空白了，你看到了砖块，你看到了天梯，你的视野变得更广阔，也更毒辣了。同时，你也获得了一种戳破秘密的快感。那么，读小说也是这样的。认字，是第一个层次，你懂得意思，把一本小说看完了，你有了一些收获。不过，小说里是有很多暗门的，这些暗门可能是作者的其他作品，可能是小说的时代背景，可能是一些你不知道的隐喻，如果你不能摸到这些暗门，你就到不了这个层次，也就没法玩得更高级。

当然，更上面，还有不同的层次。所以一本伟大的小说，是禁得起重读，禁得起解读的。如果一本小说只有一个层次，读起来就不过瘾。为什么通俗小说在文学地位上不如纯文学？就是因为它的层次太少，资深玩家玩起来，觉得不过瘾。

现在，我们可以回到臣服那个问题上来了。按照前面的逻辑，毕飞宇可以看见小说游戏中的暗门，那块透明的砖块。但是，毕飞宇并不是游戏的设计者，他和我们一样只是玩家，这就厉害了。你不能不服。

当然，毕飞宇有一个优势，他本身也是小说家，虽然不是所有的小说都是他写的，但是小说这种游戏里面有一些规律，作为设计者，他懂得这些规律，于是比起我们一般读者，更加火眼金睛。

以上，只是说明了毕飞宇很厉害，有点虚。下面讲一讲他如何厉害。

如何厉害呢？

第一，他眼毒。

在这本书里，正文只收录了八篇文章，分别谈蒲松龄的《促织》，莫泊桑的《项链》，奈保尔的《布莱克·沃兹沃斯》，鲁迅的《故乡》，海明威的《杀手》，他自己的《玉秀》，汪曾祺的《受戒》，以及《水浒传》和《红楼梦》的选段。

举一个例子，谈鲁迅的《故乡》。《故乡》我们都读过，小学课本里就有，但是你记得你读《故乡》时什么感受吗？

听听毕飞宇怎么讲。他说冷——鲁迅小说的基础体温是冷的。果然，回想一下，鲁迅的小说真的是冷的。但是，我们说不出来这句话，我们压根就想不到用冷热去评价一本小说。

在这里毕飞宇还说了一句话："考量一个小说家，要从它的有效性和完成度来考量，不能看命题的大小。"

意思是，好的小说家写出来的小说，先不管主题，他的完成度是很高的，不拖沓，不浪费，多一字不行，少一字也不行。

那么，鲁迅的《故乡》完成得怎么样呢？当然，鲁迅完成得很好。但是你能说出来为什么它好吗？这就是眼力。毕飞宇在这里分析了两个人物，分别是杨二嫂和闰土。杨二嫂和闰土是随便选择的两个人物吗？不是，杨二嫂和闰土正好代表了鲁迅所批判的国民性的两面，一面是流氓性，一面是奴隶性。这篇小说看起来像一篇散文，但是内里的结构是非常严谨的。这些就是我们没有看出来的。当然，鲁迅是如何达到这一切的，文中分析得很精彩，留待大家自己去读。

除了这篇，谈海明威的《杀手》，毕飞宇好像电影教学里的拉片一样，一次次地放慢放慢，让我们看到对话间蕴含的杀气，看到海面下那更大的冰山。谈汪曾祺的《受戒》更是精彩得很。平常我们说《受戒》好。怎么好？他写的小说像散文一样自然，淡淡的，但是很有味道。我们大多只能说到这里了。但是毕飞宇没有止步于此，他更进一步，说出了汪曾祺怎么做到这一点的，以及为什么只有汪曾祺会写出这样的小说？

读这本书是过瘾的。因为他带着我们穿过透明的虚空，竟然看到一些我们之前没有看到的山峰，大海，白云，巨浪。

第二,他手力强。

以上,只是说明了一点,毕飞宇眼力比我们好,能看出我们看不到的东西。但还有一点也很重要,他不仅眼力好,手力也好,可以把这些我们看不到的东西写出来,而且写得如此丝丝入扣,如此好玩,如此精彩,简直就像在看推理小说。

达成这一点,首先是语言好。语言好,有很多种,毕飞宇在这个演讲集子里体现的是流水型的那种好。什么是流水型?就是语言像流水,哗啦啦,非常自然顺畅,而且还欢快。注意,流水只朝着一个方向走,所以读起来是很放松的,我们不用费太多力。如果是梦境式的语言,则就是另外一种样子了。

当然,流水型的里面有些是小溪,有些是大河,有些是大江。要我说,毕飞宇在这本书里的语言是小溪,叮叮咚咚,峰回路转,他时不时给你拐个弯。比方说,第一篇讲蒲松龄《促织》这篇小说的开头,他是这么写的:"这篇伟大的小说只有一千七百个字,用我们现在通行的小说标准,《促织》都算不上一个短篇,微型小说而已。"

毕飞宇一上来就给《促织》定了性,确定它是伟大小说,但是很快就引出质疑,让大家看到它的短。这个句子内部就有一个激荡,但是还没完,没几句,他又来了一句更陡峭的话,他说:

"《促织》是一篇伟大的史诗,作者所呈现出来的艺术才华足以和写《离骚》的屈原、写'三吏'的杜甫、写《红楼梦》的曹雪芹相比肩。我愿意发誓，我这样说是冷静而克制的。"

刚刚前面说伟大还不够，现在还要说《促织》是史诗，而且还要和历史上公认的伟大著作比肩，还说自己是克制而冷静的。你不觉得他疯了么？他当然没疯，这句话就像是一个悬崖，水从这里流下来，变成了瀑布，变成了景观，对你的小心脏产生了震撼。但是，如果仅是说大话，那么毕飞宇就是江湖术士了，难的是，在瀑布底下有一口深深的潭水，他正等着你呢，他能够最后让你相信，他所言不虚。当然，那是另一个范畴，这里我们谈的是他的语言。

他特别喜欢夸张陡峭的语言，但是读起来却不会让人感到讨厌，这是因为，他靠强大的内力和功夫压住了。另外，他还有一个法宝，就是幽默。他的幽默不是那种准备好了的严整段子，而是自然话语中的自然生发。除了实在的内容分析外，也正是因为这些可爱的自嘲、幽默，解救了那些看起来夸张不合常理的话，让整个文本变得欢快，叮咚作响，回味无穷。

他还有一个强项，是我顶佩服的，就是比喻的能力。比喻是什么，比喻就是一扇任意门，是一种咒语，它让你瞬间从一个地方通到另一个地方，看见了之前你没看见的东西。比喻大师，张爱玲要算一个。毕飞宇也很强。

他说汪曾祺的幽默："幽默是公主，娶回来固然不易，过日子尤为艰难,你养不活她的。"我无论如何也没想过可以这样来说幽默的难得。

如是,毕飞宇眼高手亦高。所以我看得痛快而绝望而快乐。

读者也要慢慢修炼
——《小说机杼》

文学批评是否有用?

有一派人认为,没什么鸟用,所有的理论不过是文论家的胡编乱造,不仅对文学没有帮助,还会妨碍阅读。对此我当然不能同意,不过这样的看法似乎很常见,也颇为流行。一开始,我也抱着这样的偏见,对文学理论不屑一顾。为什么呢?因为看不懂。这个主义,那个主义,讲得神魂颠倒,也不明白到底讲了个什么玩意,除了徒增烦恼,看不出有什么益处。

这一方面是因为我的理论素养较差,另一方面,则确实是由于许多文论充满陈词滥调,语言诘屈聱牙,立论毫无创见,文字中没有半点热情,只是生搬硬套讲一些绕来绕去的话,不知道写出来到底是准备给谁看的。

这很尴尬,文学本来就是大众的,研究文学的人写出来的东西却令一般读者读不懂,反倒激起大家对文学批评和文学理论的反感。

然而,即便确有这样的现象,一棍子打倒所有文学研究,也未免太过莽撞。

事实上，如果没有理论，任何事情都是很难发展的。概念是为了方便我们习得更复杂的知识。比如说樱花，如果没有樱花这个概念，当你在转述这种植物的时候，就要想尽办法通过自己的观察来进行描述，你可以试一试，这是很困难的。

概念可以方便交流，获得共识。回到文学，也是一样。理论是给你更多的视角，去观察，去欣赏。观赏樱花，可以站在几十米外，也可以置身于树下，或者，捡起一片花瓣，放在手心里细细地看。

清楚的、明晰的文论，就是给我们创建不同的视角，给我们戴上眼镜，放大镜，显微镜，给我们配置直升机，降落伞，让我们变得更敏锐，同时感受到更多，更深的东西。

这或许就是文学研究的本意吧。

詹姆斯·伍德的《小说机杼》正是一本帮助我们换一个角度进入小说的书。他让我们暂且抛弃读者的单一身份，也想一想作者的事。他带我们走进小说创作的现场，而不仅仅是站在橱窗外面朝里观望。

关于小说的技艺，已经有不少成功的作品，比如E.M.福斯特的《小说面面观》，卡尔维诺《未来千年文学备忘录》，米兰·昆德拉《小说的艺术》等等，其中既有理论家的分析研究，也有小说家的经验之谈。

詹姆斯·伍德的《小说机杼》胜在轻盈好读，并且有热情。在这本书里，他主要从叙述、细节、人物、语言、对话等方面进行论述。其中,关于"自由间接体"的论述占了很大的比重。

这是个很有趣的例子,也许你从来没有像这样咀嚼过小说中的一个句子。我们可以跟着詹姆斯·伍德试试看(看看这三个句子有什么不同):

a. 他望着妻子。"她看上去很不开心,"他想,"简直是病了。"他不知该说些什么。

这是很老派的那种写法,一个人物的想法用引号框起来,好像是对自己在说话。

b. 他望着妻子。她看上去很不开心,他想,简直是病了。他不知该说些什么。

这里用的是间接语言,丈夫内心的话由作者描述出来,并做出标记("他想")。

c. 他看着妻子。是,她看上去又是一副无精打采、闷闷不乐的样子。简直是病了。他又他妈的该说些啥呢?

这就是自由间接文体了。丈夫内心的想法从作者的标识中解放出来,没有"他对自己说""他不知""他想",整个句子明显的带上了人物的特征,但同时作者的观察也在其中。你说不清这是人物在说话,还是作者在说话。

"自由间接体使我们可以通过人物的眼睛和语言来看世界,同时也用上了作者的眼睛和语言……它在贯通间隔的同时,又引我们注意两者之间存在的距离。"

这是一场拉锯战。詹姆斯·伍德花了很大功夫来写叙事者和人物之间的权力争夺,有人做得很好,不动声色,加深了句子的内涵和表达的丰富性，也有人做得很糟糕：要么不舍得放弃自己的声音，让人物说起话来扭扭捏捏，假模假样；要么沉迷于人物的语言，陷溺进去，找不到适合的尺度。

除了自由间接体，詹姆斯·伍德对细节也做了一番考察，他认为，从福楼拜开始，文学中的细节发生了变化，它们变得更精确，即使看起来随机，也是经过作者精心挑选过的结果。

细节对于读者来说，是大有影响的。"文学与生活的不同在于，生活混沌地充满细节而极少引导我们去注意，但文学教会我们如何留心。"并且，这是一个正向的循环，文学教会我们如何更好地留意生活，我们在生活中付诸实践，这又反过来能让我们能更好地去读文学中的细节，从而进一步让我们更好地去体会生活。

关于人物，詹姆斯·伍德不同意 E.M. 福斯特在《小说面面观》中将人物分为圆形人物和扁平人物，认为圆形人物更丰满更成功，扁平人物则是次要的这样的看法。

在最后一章，詹姆斯·伍德为现实主义传统进行了辩护。他指出，现实主义之所以受到攻击，是因为出现了一种"商业现实主义"，它自我扁化为一种文类，有一套造作并且通常毫无活力的技巧，可是却丢失了伟大的现实主义作品中那些无法被约化的东西（商业电影正是好例子）。

《小说机杼》不是系统性的文学教程，也没有创建什么了不起的文学理论，但詹姆斯·伍德以普通读者都能读懂的语言，加之清楚明白的文本案例，使我们的眼光更锐利了一点。虽然读完这本书你不会成为小说家，但在看小说这件事情上，至少会升个一两级的。

　　作为读者，也要慢慢修炼。

写给青年小说家的信
——《给青年小说家的信》

最近在读两本书信集，一本是《给青年小说家的信》，一本是《给青年诗人的信》，我既不是小说家也不是诗人，但对这两个领域都颇感好奇，于是不妨看看。

《给青年小说家的信》的作者是略萨，秘鲁作家，2010年获得诺贝尔文学奖，主要写小说，也教书，写评论。这本书出版于1997年，收录十二封信，谈写小说的抱负，谈小说技巧。

很多人想要成为作家，怎么办呢？略萨说，第一步，你得有文学抱负。抱负不是工作，是一种需要投入毕生精力的活动，只在这种活动中，才觉得自己的生命价值得到了最大程度的体现。

世界这么大，有的人想要成为建筑师，有的人想要成为CEO，有的人想要成为舞蹈家，有的人想要成为一棵蘑菇，是什么使你想要成为作家呢？略萨认为，文学抱负的起源，往往来自于反抗精神。他们用创造的世界来对抗和拒绝现实世界。这可能是自觉的，也可能是不自觉的。

有人问海明威，成为作家的条件是什么？他答：一个不幸的童年。这个说法多少同意了略萨的看法，一个幸福平和的人物，大概没有什么想要反抗的，而越是敏感的、脆弱的内心，越有许多东西想要表达。

可是，文学有时候也会害人。如果一个人把文学世界和现实世界混为一谈，那么，他往往会生活得过分敏感，成为人们眼中的"怪人"。比如《包法利夫人》中这位最后自杀而亡的女主角，看了几本小说，便对才子佳人的故事充满期待，而对现实世界越发看不上眼，终于走向悲剧。这样看来，文学虽然能够让我们活得更细腻而丰富，但究竟不是现实生活。

这说的是普通读者，立志成为小说家的人，有点不一样。他所要经历的，将是一种长久的奉献。略萨将这种抱负比作绦虫（一种在我们肚子里吸取营养而自肥的寄生虫），文学创作常常是以作家的生命为营养的，正如侵入人体体内的绦虫一样。

这里，略萨又举了一个例子，一种叫作卡托布勒帕斯的神话动物，这是一种从足部开始吞食自己的可怜动物，小说家不断在自己体内挖掘经验，无疑就像这个奇怪的动物。

又是绦虫，又是神兽，说得有点五迷三道了，而其实略萨的用心是想强调文学的献身性，要真诚的对待自己的内心，为那条"绦虫"服务，而不是金钱、读者或者别的什么玩意。

如果你已经准备好这一切，现在，他要带着你去洞里学习一些招式。

主题，也就是你要写什么，这个是不用教的，你总会有自己非常想写的东西，并且在略萨看来，那个不重要，重要的是你怎么写。怎么写，就是如何通过形式来达成一个完美的表达效果。

在略萨看来，形式可以分为两个部分：风格和秩序。风格指的是叙述故事的话语和方式；秩序指的是对小说素材的组织安排。风格也大致是不可教的，需要自己去修炼，而路径不外是大量阅读，大量写作。

本书的重点是后半部分，关于如何建造小说的秩序，如何结构小说。在略萨看来，在小说结构上有三个基本面需要注意，它们是：叙述者，叙述空间和时间。如果把这三个基本技巧练熟了，就可以出师了。不过不要急，略萨还给你备了三个小葫芦，属于暗器或秘籍，一个是中国套盒技法，一个是隐藏材料法，一个是连通管技法，带上这三个葫芦，路上遇到鬼怪，可以避险。

这三法怎么说呢？中国套盒，就是故事套故事，比如《一千零一夜》。隐藏材料法，就是故事不全部写出来，类似海明威的冰山理论。连通管法类似于并置，将两件不相干的事情在叙述时交叉呈现在一起。

师傅领进门，修行在个人。讲完这些，略萨挥挥手，说拜拜了。你手里拿着秘籍，想必还是很蒙圈。毕竟，写小说这事，没有速成法。略萨在这本书里所做的，不过是拿个小木棍,指指这,指指那,说一说这个要注意一下,这个可以考虑一下,仅此而已。

在真正的创作中,形式和内容是分不开的。如果你真的有文学抱负,祝你好运。

如何成为一个作家？
——《写作这回事》

斯蒂芬·金是美国通俗文学的奇迹。他既多产又畅销。从 1974 年至 2015 年，他已经出版了六十三本小说，其中绝大部分为长篇。并且，他的作品全球销售量超过三亿五千万册。即使你没有读过斯蒂芬·金的任何一部小说，也一定看过根据他的小说改编的电影。他还经常获奖，被《纽约时报》誉为"现代惊悚小说大师"，曾六次荣获"布莱姆·斯托克"奖，六次荣获"国际恐怖文学协会"奖，1996 年获得"欧·亨利"奖；并在 2003 年获美国国家图书奖的终身成就奖，2007 年荣获爱伦·坡大师终身成就奖。

毫无疑问，斯蒂芬·金应该是目前全世界最有钱的作家之一。不过，他也是穷过的。

斯蒂芬·金成长于一个单亲家庭。1947 年出生于美国缅因州的波特兰。两岁大时，他的爸爸一去不回，抛弃了家庭。

为什么斯蒂芬·金后来能成为作家？看《写作这回事》你会发现这和他的妈妈有很大关系。

金妈妈也会讲故事。金五六岁时，问妈妈有没有亲眼见过死人，妈妈讲了一个水手从旅馆楼顶跳楼自杀的往事："他溅得满地都是，他身上流出的东西是绿色的。"

稍微有点常识的都会知道，人的身体不会流出绿色的东西，但是金妈妈非常笃定地将那个画面诡异而生动地定格了下来。

斯蒂芬·金毫无疑问继承了这种能力。小时候，去医院看耳朵。医生用针刺他的鼓膜，他是这么形容的："我的脑袋听到了一个声音——好像一声响亮的亲吻。热热的液体从耳朵里流出来——仿佛眼泪从错误的孔眼里流出来。"

他从很小的时候就开始写东西。一年级的时候因为生病，不得不常常待在家里。那时候他"读了大概五六吨重的连环漫画书"，然后就开始自己写故事了。

他的第一个读者就是妈妈。他把一个漫画上看到的故事抄下来，做了一些修改，拿给妈妈看。金妈妈对他说："你自己写一个，这些漫画书都是垃圾，我打赌你会写得更好。自己写一个吧。"

然后，他写了四个关于魔法动物的故事。他妈妈以一美元的价格买了这四个故事，这是金的第一笔稿费。

有了写作的兴趣，金很早就开始投稿。最早的一次是1960年，金十三岁。当然，稿子被拒绝了。不过他没有放弃，还是一直写，一直投。被退稿的次数不断累积，他在卧室的墙上钉了一个钉子，上面钉着厚厚的退稿信。

终于，多次退稿之后，他得到了第一笔回复："勿将手稿装订，正确的投稿方式是散页加回形针"。

到十四岁的时候，墙上的钉子已经承受不了更多退稿信的重量，他换了个大钉子，继续写。

十六岁的时候，他收到的退稿信不再是用回形针了，而是："故事不错。不适合我们，但确实不错。你有天分。继续来稿。"

除了投稿，他在高中时期还靠写东西赚过一笔钱。有一次，他把一部看过的电影写成了故事版，然后拿到学校去卖。印了六十本，大受欢迎，很快就卖光了。但是结果是校长把他请到办公室，批了他一顿。

高中毕业，上大学，他仍然热衷写作。在大学最后一个学期，他写了一个故事《墓地轮班》，是以他在纺织厂里工作获得的灵感来写的。这个故事被《骑士》杂志用了，给他寄了两百美元。对当时的他来说，这是很大一笔钱。

大学毕业之后，日子仍然很穷。因为他早早结了婚，并且有了两个孩子。这时，小两口一个在洗衣房干活（金毕业后没找到工作），一个在甜甜圈店上班。他下班后仍然写作，中午吃饭休息的时候也会写一点。后来他找了一份英语教职，一年收入是六千四百美元。

他开始写《魔女嘉丽》是在二十六岁。他曾经收到过那么多退稿信，不过这一回出版社要了他的稿子，预付了两千五百美元。小两口乐疯了。好事接踵而来，小说的简装本版权也卖了出去，价钱是四十万美元。他和出版社各一半。

他得到这个消息的时候一个人在家。没有人分享他的喜悦，他说自己都快要爆炸了。妻子下班回来后，金告诉了她这个消息。"塔碧莎的目光越过我的肩膀，扫视我们这套只有四个房间的小破公寓，然后她跟我一样，也哭了。"

这种感觉，过过苦日子的都懂。

后来，他写了更多的书。他的小说被改编成电影。1996年，他已经是一个很成功的作家。这一年他遭遇车祸，差点没命，做了六七次大手术，膝盖处打入又取出七八枚大钢钉。在恢复过程中，他开始写这本书——《写作这回事》。

上面提到的经历，都来自于这本书。而说完自己成为小说家的经历，后面就开始进入课堂时间了。如果你对如何写小说，如何成为作家感兴趣，继续往下看。

斯蒂芬·金认为写作和所有需要天分和创意的领域一样，作家这个群体也是呈金字塔状。最底层是坏作家。"上面一层是不那么重要，但却广受欢迎的作家，他们是称职的作家。""再上面一层要小得多，他们是真正的好作家。在他们上面，是莎士比亚，福克纳，叶芝，萧伯纳这些人。他们是天才。"

"坏写手怎么也不可能被改造成称职的作家，同样，好作家再怎么努力也成不了伟大的大师。但一个勉强称职的作家经过辛勤的工作，身心的投入，及时得到帮助，能进步为一个好作家。"

所以，斯蒂芬·金的意思是：成为作家之前先得有自知之明。如果明明写得很烂，却自命为天才，那就糟糕了。

那么，成为作家，有什么方法呢？答案很简单：多读多写。别无捷径。

写到这里，似乎可以结束了。但是斯蒂芬·金还是耐着性子，分享了一些经验技巧，不一定对谁都有用，但可以看看。

一、多读。你拿起来读的每一本书都有用。好书让你懂得好，坏书让你发现自己也能写。阅读也会告诉你前人做过什么，没做过什么，什么是陈词滥调，什么会令人耳目一新。你读得越多，下笔时才越不会显得像个傻瓜。

二、要掌握基本功（词汇、语法、风格的要素）。这些基本功，金非常推崇威廉·斯特伦克《风格的要素》一书，那是一本简便的英文写作指南。

三、关于写作时间。金一般在上午写作，他说："我只有在最糟糕的状态下，才会容许自己不完成两千字就关机。"这一点上，他和村上春树看法一致。

四、关于写什么。你想写什么就写什么，只要你讲真话。"写小说是为了布一张虚构故事的大网，从中捕捉真理，而不是为了求财，从另一方面说，我的兄弟姐妹们啊，你这么做根本赚不到钱。"

五、关于小说的结构。他推崇一种写小说的办法：情势写作法。设想一个情境，然后开始写。他自己的书，很多都是这么发生的。比如《撒冷镇》就是这样一个情境：吸血鬼如果入侵某个新英格兰小镇，会发生什么？

六、关于改稿。秘诀：第一稿能写多快写多快。放六个星期。然后写第二稿。第二稿等于第一稿的百分之九十。

七、关于收益。问：你写书是为了赚钱吗？金答：现在不是，从来不是。我写作是为了自我满足。你如果为了快乐做事，就可以永远做下去。

两本床头书

一

我是个贪心的人。昨夜从书架翻翻拣拣，又搬来几本书堆在床头。不料书太多了，轰然一声，大大小小的书倾落一地。把猫都吓跑了。起床收拾，发现好多看了一半的书，其中就有田晓菲教授的《留白》。这是她的文化随笔集，我前段时间读过其中几篇，非常佩服：学识、文笔、风度，样样都有了。能把文学论文写得这样沉静舒展，实在少见。

说起来我去年读过她的一本《神游》，副标题是：早期中古时代与十九世纪旅行写作。那时对旅行文学颇感兴趣，找了很多书来看，这是其中一本。不过当时并未发现田晓菲的好。后来，理想国出了她的一本《秋水堂论金瓶梅》，很多友邻推荐，我也买了，但也一直未读。

终于，读到《留白》。我是怀着一种充盈的欣喜，一页页读完的。读得很缓慢，很满足。在这本书里，田晓菲谈到了《金瓶梅》与《牡丹亭》，谈到了郁达夫的小说，周星驰的电影，还谈到了艾柯、废名、《一千零一夜》……

种种的好，并不只是眼界，而是每一处都有自己的理解与阐发，并且写得那样地沉与静，可以让人一直一直读下去。像冬天夜晚裹着厚重的被子，倚在床边的台灯下，夜夜夜夜，永无止境。

在这本书中，最吃重的是两组文章。

第一组，谈新诗。《二十世纪中国诗歌的重新发明》和《大跃侧诗话》两篇，分别写中国现代诗的发生、演变，以及几代诗人的尝试和努力，以及中国诗歌写作中存在的焦虑，现代诗何以走入困境的缘由。

我对于现代诗当然是门外汉，读得不多，也毫无见解。田晓菲的梳理，帮我推开了一扇门，里面的风景，还得自己去找寻。但摸到这扇门，也不是件容易的事。

第二组，谈金庸的小说，以及金庸现象。也是两篇文章：《瓶中之舟：金庸笔下的想象中国》和《鹿与鼎：金庸，香港通俗文化，与中国的（后）现代性》。

田晓菲讲："作为批评家，要做的不是去同意或反对某一种叙事立场，而是揭开笼罩这一叙事立场的面纱。"在这两篇文章中，她所做的正是这样一件事。简单地说，就是回答：金庸何以流行？何以流行到上至学者专家，下到贩夫走卒全都热爱的地步？这里面有什么密码吗？田晓菲分析了金庸小说对古典文化的化用，对小说内部道德空间的构建（恩与义），以及他通过小说所建构出的一个关于中国文化的想象共同体。

一般金庸读者，或许沉迷情节，或许追慕主角，但大概不太容易想到金庸小说是怎样与整个二十世纪从民族主义到国家主义的思潮演变相契合的。

很遗憾，以上文字只是一个粗浅的介绍，不能表达《留白》所给人带来的启发和感遇。唯有你自己去看了。

二

现在，我坐在喜茶店里。工作间有六个员工穿梭忙碌，一刻不停。冰块，玻璃，互相碰撞，榨汁机的声音奔腾而起，人们三三两两地聊天。我在一个充满声音的环境里，等待我的饮料，看着我的书——《诗人十四个》。

这是一本关于古诗的小书，两两对照，写了十四个（七组）诗人。分别是：王维与李商隐、陶渊明与辛弃疾、陈子昂与张九龄、王昌龄与李白、朱彝尊与俞樾、姜夔与苏轼、周邦彦与晏殊。

作者黄晓丹是江南大学人文学院副教授，在南开大学读古代文学博士时，师从叶嘉莹。这本书读起来和一般的诗论、诗课不同。她也讲诗人的经历，时代的背景，但更重要的是，她把自己放进来了。

"对我来说，生命是从进入大学开始的。"这是全书第一篇的第一句话，在这句话之后，作者回忆了自己的读书经历，开始正式的进入要谈论的诗人和诗。她不是按照讲义来讲课,而是用自己的生命经验去感受诗人的生命。之前读张定浩的《既见君子》,也是这个意思。

读诗,本来就不是为了某些标准答案,而是与古代的杰出灵魂进行交流,感受他们的感受。讲王维《山中与裴秀才迪书》,她会联想起江南的冬天。"连着一周的冷雨,手上开始发起冻疮,裹两层羊绒衫一层羽绒服还在发抖,走神时脑海里莫名其妙地浮现出吴兆骞流放宁古塔的事。雨停之后,庭院里的常绿树越发油绿,让人怀疑春天马上要来了……"

接着,再由这种切身的感受,具体地进入王维所表达的关于春天即将到来的欣喜。关于这一点,黄晓丹非常开阔,打通古今。她说:"这种春天几乎就要到来的欣喜感,我觉得在两部作品里表达的最好,一是张艾嘉唱的《春望》,二是王维的《山中与裴秀才迪书》。"

张艾嘉与王维,谁也不会把他们放在一起,但黄晓丹这么做了。虽然我没有听过《春望》,但这一并举,还是让人欣喜。因为你发现,这是一个和你身处于同一时代的人,在用自己的生命经验进入古典文本。

整本书并不厚,读起来也是欣喜的。语言极好,又有学识,加上轻盈动人的情感流动,读起来特别舒服。放在床头,可以随时翻翻。

◎ 一场误入歧途

◎ 人与书 ◎ 十九世纪的

小说 ◎ 读塞林格 ◎ 惊喜

华文创作 ◎ 阅读与写作

一场误入歧途
——我的阅读经历

一

事情要从很久以前说起。那是六十年代初,安徽颍上县正遭遇严酷的饥荒,农村里的年轻人结伴出走外省,寻找新的家园。有人走到江西,在赣北深山的某处林场停留下来。伐木、种树,匆匆一生。

很多年后,他们的子女长大成人,进厂工作,结婚生子,展开新的生活,一场迁徙有了第二代,第三代,生命就这样延续下来。我就是那第三代中的一个。我出生的时候,世界已经变了模样。树不砍了,反倒是工厂一间一间地开起来,我的父母不用上山护林,他们成了工人。

然而,时代总是比人大。我刚上小学的那几年,"下岗"成为流行词,我认识的几乎所有父辈都面临人生中的巨变,曾经被许诺的稳定生活从此覆灭,他们得学会寻找新的活路,去不熟悉的外地打工。有人因此发了财,受人羡慕,有人从此碌碌一生,辛苦却无所得。

我被送往外婆家、奶奶家，那些曾经长途跋涉的年轻人已经衰老，衰老到正好可以带养他们的孙儿。

现在，很多人已经与泥土不亲近了。我很幸运，小时候，我是挨着大地生活的。在外婆家，我很快找到了自己的天地，撒野玩闹，快活无比。我的外婆不识字，但是她有各种本领，她会包粽子，会用嫩竹扎成条把（扫帚），会炕茶叶，会用狗尾巴草编出一只小狗来，她还会在夏天的夜晚里讲上一个又一个鬼故事。

在乡下，书不是必需品，所有的事情都由经验解决。再者，也没有多少人看得懂，老一辈人大多不识字，年轻一辈全部外出打工，至于我们这些小屁孩，天天上学已经够讨厌的了，还要看书，那更是不可能的事。

整个小学生涯，我只看过两本书，一本是《舒克和贝塔》，郑渊洁的作品，这也是我后来知道的，那时候谁知道郑渊洁是谁呢？不过是因为封面花花绿绿看着好奇，并且里面全部都是图画，我才向同学借来看的。另外一本是《安徒生童话》还是《格林童话》我也记不清了。那本书辗转过太多人的手，已经磨掉了封面。

我记得清楚的，倒是学校后面的操场，操场连着一小片竹林，是细小的竹子，不是那种笔直的毛竹。体育课，我们经常会在竹林里穿梭，找一个好地方，垫上一些松毛，做成一个窝，有些人还会摘些野花野草，弄得像个门厅。要不然，走出竹林往外，就是山了，山上有很多坟墓，据说这学校本来就是在坟墓山上建起来的，我们不怕坟墓，反倒感到好奇。夏天里，山上最凉快了，很适合玩捉迷藏，或者一伙人一伙人建起帮派，试着用竹棍比武，总之是热热闹闹的。

读书是太安静的事情，我们都坐不住。对我来说，厚厚一本全是字的书，看着就让人恐惧，无论如何是不能看完的。

二

我第一次完整地看完一本小说，是在初中二年级。

那时候，我从外婆家搬到奶奶家，从村庄搬到小镇，从泥土走向水泥。原来的经验全部不管用了，在镇上，人们不关心小河、田野和大树，孩子们不上山，不下水，他们有随身听，有篮球场，有游戏机。他们谈论的话题也和我所熟悉的不一样，电影、音乐、明星，我一无所知。因无知而沉默，沉默而自卑。不可否认，我第一次试图读一本书，不是因为别的，而是为了抓住一点什么东西，让我和周围联系得更紧密一点。

那本书是《哈利波特与密室》。我知道这本书，是因为一节政治课，上这门课的老师叫作淦清，卷头发，戴眼镜，年纪很轻。和其他老师不一样，他经常会在课堂上讲一些不相干的东西。有一节课，他突发奇想给我们讲了一个故事，故事是这么开始的：在这个世界上有两种人，一种人会魔法，另一种人不会，不会魔法的人被称为麻瓜……

他花了一堂课,给我们讲了一遍哈利·波特的故事,我当时并不知道这个故事从何而来,只觉得神奇:魔杖、咒语、可以飞行的扫帚,活在我们周围巫师……

铃声一响,故事破碎,收拾抽屉的声音如同千军万马,几乎不到一分钟,从走廊到操场全是人流,我背着书包走在人群中,若有所失。回到家里,吃饭睡觉,一天过去,又一天过去,这个故事慢慢地变成一个模糊的影子。

直到有一天,我再次碰到它。那是一个中午,一个昏昏欲睡的中午,我早早离开家去学校。小镇的街道太阳毒辣,路上没有什么人,店铺里的老板要么躺在摇椅上,要么趴在柜台上。蝉鸣笼罩了整个世界。我莫名其妙走进了镇上唯一一家新华书店,爸爸曾在这里给我买过一本字帖。店里很凉快,老板和一个客人在柜台边聊天,我装作若无其事的样子四处打量,墙上挂着很多青春杂志,还有各种教辅书,有一个台面上摆着四大名著,旁边有一本绿色书皮的书,好像是被人不小心忘在那里的。我走过去把书拿起来,书名是《哈利波特与密室》,正是我听说过的那个故事。这是一次激动人心的重逢,我必须买下这本书。

我小心拿起书,面向老板:"这个多少钱。"

"十一。"他看了我一眼,又转回去继续和那人聊天。我赶紧从口袋里把钱掏出来,抱着书跑了,我生怕老板发现这本书的标价是二十二。我把书装进书包里，跑到学校，对谁也没有说起这件事。

后来，我才知道，因为是旧书，老板是打折卖给我的，但这都是后话了。买完书的第二天早晨，我就开始看起来。那时候，父母把我托给奶奶带，奶奶不识字，但很严厉。每天早晨五点半准时把我叫起来读书。洗漱完毕，我搬一个小凳子坐到后院去，那里有一个鸡舍，十几只鸡已经醒了。往常，我一边看看鸡，一边看看天空，一边打瞌睡。可是这一天不一样，我把《哈利波特与密室》藏在语文书里面，偷偷地看起来。只花了四个早晨，我就把这本书读完了。

读完了，然后就过去了。我并没有因此成为一个热心的读者，那个阴森的书店我也很少去逛。我甚至没有和同学聊起这本书，它是我的一个秘密，和所有的秘密一样，只能默默地藏在心里。我仍然不知道怎么结交新朋友，我仍然和这水泥的世界，有着一层隔膜。

而真正让我打破这层隔膜已经是上高中时候的事了。

三

高中，到县城。县城对小时候的我来说几乎是最遥远的地方。而这时候，我每天都在这里生活。虽然困在学校里，但是一切都发生了变化。世界变大了，太大了，而我知道得太少，太少。

一场误入歧途　　269

学校里的同学来自全县各地。我喜欢这种状态，不再只有我一个人是陌生人。所有人都是陌生人，所有人都有来处，所有人都不在乎。我很快在这种状态里找到了朋友，并且开始疯狂地读起小说。

学校生活是很憋闷的，对于青春期的孩子们来说，未来很远，可是到底有多远，人生很长，可是到底有多长，爱情很美，可是到底有多美，一切都影影绰绰，不清晰，不确定，一切都是可疑的，一切都是飘忽的。

那时候，对于书没有成见。文学经典和青春文学一样都可以看得津津有味。和很多后来认识的爱读书的朋友不一样，我不是从四大名著，外国经典开始看起的，我的起点不是书房，而是闹哄哄的教室。我坐在教室的最后一排，把课本堆在桌子上高高一摞，正好可以躲着看书。书都是从同学那借来的，什么武侠、玄幻、言情、推理、恐怖，没有要求，一律通吃。可能我比较贪心，在书越读越多之后，试图发现更大的世界。这个世界是通过一个个名字慢慢拓展的，就像电子游戏里因为你的探索而一点点清晰的疆界。

在校门口不远处的一条隐蔽街道上，藏着两家网吧。许多深夜，班主任会突然袭击，冲进网吧提溜出几个人来。白天，在网吧的不远处，一家门牌上写着"希望书社"的店门会打开。我的大部分读物，都是从这家书店得来的，书店不大，只有三面墙的书：一面全是言情小说，从琼瑶亦舒到安妮宝贝，应有尽有；另一面全是武侠，从金庸古龙到黄易，从小椴沧月到九把刀。还有一面墙则复杂许多，书也没有翻得那么烂，我从这面墙的高处发现了一本《海边的卡夫卡》，作者是村上春树，这个人我听过一点，但从未看过，所以借回去；又发现了一本巴金的《家》，课本里讲过，但是没有看过，所以借回去。这鱼龙混杂之处，正是我嬉戏快活的地方。

那时候，学校门口时不时会来一个书贩，摆出一大片地摊，上面全是书，不是教辅书，而是各种盗版合集，流行的青春文学自是不一而足，其中还有一些像《尼采全集》《叔本华全集》《二十四史》之类的读物。我对于不熟悉的这一部分产生了兴趣，尼采这个名字偶尔听过，但他是谁，干什么的，有什么了不起，一概不知。所以，我买了一本《尼采全集》，抱回了宿舍。这本书现在还躺在我的书架上，我终究没有把它看完。虽然后来我知道了尼采是谁，但是那样莽撞的对于世界的好奇，却一点点消失了。也许是因为现在的网络让一切都触手可及，没有什么东西还保有神秘。网络好像让我们有了一种错觉，以为自己真的拥有了知识。

四

所以说，读书在我，是一场误入歧途。如果不是书，可能还会有别的，只是正好，在你的生命中出现许多问题和困惑，当你需要答案而茫然不知所措的时候，书是一种流行的解药。我恰巧在那个环境里服用了它，并因此上瘾。

书治疗的是什么？是孤独感。

到一定年纪，我发现人是不可交流的，你不可能真的让另外一个人完全理解你，你也不可能完全地理解另外一个人。我们的语言非常贫乏，我们自身又常常没有自己想象得那么好。交流可以宽慰寂寞，可是很难排遣孤独。在十六七岁的年纪，我忽然发现了书的秘密并深陷其中，是因为，在小说中，在文字中，在别人的叙述中，你总能找到一些你曾经感受但不曾表达的东西。这种时候，心底会升起一股莫名的暖意。茫茫世界，原来你并不孤独。

我们在一个又一个故事之间跋涉，在一个又一个人物之间游走，其实是想要对自己了解得更深。是为了发现自己，确认自己。

后来，我又发现了读书的另一种乐趣：如果说孤独感是向内的，那么还有一种向外的动力——好奇心。在学校教育的规范之下，学习是一种必须。因为它是那么的天经地义，所以变得有点讨厌。可是，学习是有乐趣的，这种乐趣仅仅在于你了解了一件你之前不了解的东西。有用吗？或许有，或许没有，但是这个学习过程本身有满足感。我们似乎天生就带着对知识的饥渴，寻找知识就像寻找美食一样，永远充满乐趣。不幸的是，很多人在离开学校之后，再也没有动力去学习，再也没有兴趣去钻研他所不知道的世界。而读书，可以培养并保持这一点好奇心。

书本不是一棵一棵孤绝的树，一本本书连成了一片广阔的森林，树与树之间彼此交错。一本书提出的问题，也许答案藏在下一本书里。读书帮你解决一个问题的时候，可能会带给你十个新的问题。这是一个没有尽头的过程，在这一过程中，问题牵引出的是思考，而你一旦思考，就不会停止。

有太多的问题还没有答案，有太多的世界你从未涉及。你永远是一个新人，而读书，会渐渐成为一种习惯。它是你了解这个世界的一种手段，它不是最直接的，也许也未必是最有效的，但是你已经不能离开它，因为是它陪你一路走来。

五

我开始养成读书的习惯，是在二十岁的那个暑假。那个暑假，我已经一步步从村庄到小镇到县城，继而进入城市。我已经适应了"水泥化"的生活，并想要在这种生活中获取自己的位置。可是，第一次与这个世界短兵相接，我就失败了。一开始是一次实习，当每天不停的工作排山倒海，永无止境地淹没我的时候，我逃走了。

我逃到了书里，就像毛姆说的，读书是逃避这个世界最好的方法。那个暑假，我住在省图书馆附近的一个城中村，和同学分租一间不到五平米的单间。草席一张，吊扇一盏，没有什么别的东西。没有明确的未来，也没有灼灼的理想，只是像上班一样的每天去图书馆泡上一天。那是一段静谧的日子，一段浮在空中的日子。再也不可能有那样的日子，因为再也不会有那样一段恍惚的时光。

在那段日子里，书的世界才真的打开了，当你走过那么多的书架，看到那么多的领域你一无所知，有那么多的书等着你去看的时候，有一种既兴奋又惆怅的感觉萦绕不去。兴奋是因为还有许多条路等着我去探索，惆怅则是因为，每一条路都看不到尽头。后来，我终于学会了和这个真实的世界如何相处，虽然还是保持着相当程度的执拗和天真，但是一切并没有想象得那么艰难。读书在这个时候，是一种调剂，是一片后院。

在现代社会分工越来越细化的今天，工作的意义感已经被稀释殆尽。城市生活拥有激情和无数的可能，同时也准备好了数之不尽的疲惫。兴趣永远是人生命的灵光，一个人若没有兴趣，则容易变得灰头土脸，死气沉沉，被生活压得喘不过气。而只要抱有这样一片自己的天地，就获得了一个自我修复的空间，读书更难能可贵的地方在于它不仅能让你沉浸，还能让你思考，并且与自己对话。

对我来说，当我终于在自己身上完成了所谓的"城市化"之后，读书是让我不迷失于繁复现代生活的定心丸。

找到自己的节奏，形成自己看待这个世界的观念，就不那么容易被时代冲走。

读书永远不能带来立竿见影的效果，带来财富，带来权力和地位，但是读书可以带来安宁。需要注意的是，读书并不是什么了不起的事情，它没有多高贵，只是恰好书在很长一段时间内承载了传播知识的作用。而未来，书的形态可能会变化，可能有更多的媒介会替代掉文字的部分功能。我们这些人，只是正好是适应了读书的人罢了。

喜欢读书，并不高贵。我更愿意把它看成是人生趣味的一种选择，看作是人如何和自己相处的一种方式，我当然懂得读书的好，了解读书的乐趣，但是读书并不伟大，伟大的是书。

六

回头来看，读书是一件细水长流的事情，并没有一个天启时刻，将一个人划分为两个截然不同的阶段。摄影里有一个术语叫作"决定性瞬间"，可是，我们许多人一辈子都没有决定性瞬间。我们是缓慢变化的，没有经历过强烈的转折。在我的生命中，有许多书敲碎了我原有的价值观，又有许多书构建了新的价值观。我几乎不能立马确认出有一本书如此深刻地影响了我，因为影响我的不是一本书，而是读书这件事情。如果非要选择一本书，那么就是那本绿色的《哈利波特与密室》，是它让我"误入歧途"，而我愿迷途不返。

注：这篇文章是关于"对我影响最大的一本书"的约稿。

图书在版编目（CIP）数据

不止读书/魏小河著. -- 上海：上海文艺出版社,2022.1（2022.5重印）
ISBN 978-7-5321-8053-0

Ⅰ.①不… Ⅱ.①魏… Ⅲ.①书评－中国－现代－选集
②散文集－中国－当代 Ⅳ.①G236②I267
中国版本图书馆CIP数据核字(2021)第156523号

发 行 人：毕　胜
策　　划：李伟长
责任编辑：江　晔
装帧设计：付诗意

书　　名：不止读书
作　　者：魏小河
出　　版：上海世纪出版集团　上海文艺出版社
地　　址：上海市闵行区号景路159弄A座2楼 201101
发　　行：上海文艺出版社发行中心
　　　　　上海市闵行区号景路159弄A座2楼206室 201101 www.ewen.co
印　　刷：苏州市越洋印刷有限公司
开　　本：889×1168　1/32
印　　张：8.75
插　　页：5
字　　数：161,000
印　　次：2022年1月第1版 2022年5月第2次印刷
Ｉ Ｓ Ｂ Ｎ：978-7-5321-8053-0/I.6376
定　　价：58.00元
告 读 者：如发现本书有质量问题请与印刷厂质量科联系　T:0512-68180628